Luca C

L'ombra del campione

Rizzoli

Pubblicato per

Rizzoli

da Mondadori Libri S.p.A.

ISBN 978-88-17-10388-6

Prima edizione: settembre 2018
Seconda edizione: ottobre 2018

L'ombra del campione

Quella che state per leggere è una *non fiction novel* che mescola personaggi immaginari e personaggi veramente esistiti, fatti reali e fatti che sarebbero potuti succedere. Perciò quella che avete davanti è un'opera di pura fantasia che non pretende di essere cronologicamente e filologicamente precisa.

Alla mia bisnonna Matilde Maria Ballerini che mi ha insegnato ad ascoltare storie e che le ha raccontate in portineria per tanti anni. Mi mancano la sua cassoeula, le sue lasagne verdi e la sua insalata russa. Ma soprattutto mi manca il suo sorriso.

«Se sa che a parlaa de Milan se fa minga fadiga con tanti argoment per i mann el discors el scarliga...»

Giovanni D'Anzi e Alfredo Bracchi

La leggenda di san Vittore

A l'è possibil finì a San Vittur domaa per on barilott de pés?

Com'era possibile finire dietro le sbarre per un furto da nulla come quello?

Eppure lo avevano beccato in flagrante al *Verzee* mentre cercava di scappare con una botte di acciughe sotto sale.

E tac, lo avevano messo dentro.

Il barile era talmente ingombrante che non aveva potuto occultarlo in nessun modo. Ed era stato arrestato davanti a decine di testimoni.

Ma varda ti se l'è possibil finì a San Vittur inscì.

Il Pierino continuava a chiedersi perché era capitato proprio a lui di trovarsi in una situazione del genere. Aveva cercato di spiegarlo in tutte le salse ai *matusa* che l'avevano rinchiuso al Due: quella era davvero la prima volta. La prima volta che finiva al carcere di San Vittore.

Era stata la fame a spingerlo. La fame, sì. La fame.

E adesso *chi ghe l'andava a di' all'ost de l'Ortiga?* al quale aveva promesso le maledette acciughe. Piccoli pesci che l'oste avrebbe servito fritti, insieme alla polenta, nella sua bettola ubicata in una zona dell'ex comune di Lambrate che solo a partire dal 1923 era stata inglobata nella *Gran Milan*. Un luogo denso di orti selvaggi accanto al fiume Lambro dove nel tempo era cresciuta una mala erba: quella della *ligéra*. A Milano tutti sapevano bene che certi ceffi si potevano incrociare solo all'Ortica, al Bottonuto, all'Isola o in porta Ticinese. Alla marmaglia composta da gente di diversa estrazione apparteneva, volente o nolente, il Pierino Grassi a cui era toccata in sorte *ona bruta gatta de pelà*.

Una *rogna* che adesso doveva grattarsi tutto da solo.

Ci aveva messo un po' ad adocchiare il barile di pesci sotto sale nel mezzo della confusione che regnava al *Verzee*. Lì al mercato del Verziere, in mezzo a venditori di rane e gamberi e ai *verduree* che esibivano verdure e frutta, spiccava il banco sul quale erano deposti i barili dell'*ancioatt*. Le massaie erano solite comprare acciughe e sardine ma anche tonno in scatola.

Il Pierino Grassi aveva ciondolato per un po'. Su e giù, su e giù, in attesa che l'uomo della Val Maira si allontanasse dal carretto e dal prezioso tesoro sotto sale. E quel maledetto acciugaio piemontese lo aveva fatto penare un bel po'. Il Pierino era scattato quando l'*ancioatt* si era diretto verso il vespasiano adiacente alla palazzina in largo Marinai d'Italia che ospitava una parte delle merci del mercato. Fin dal 1911 il Verziere era stato spostato in quei luoghi per risolvere problemi di circolazione e di ordine pubblico. Veloce come una faina, il Pierino si era avvicinato al barile e tac l'aveva caricato su una carriola, sgraffignata la mattina stessa in un cantiere aperto di corso XXII Marzo, che *aveva oggià in un cantun*. Purtroppo il carico era *inscì pesant de spezzaa la s'cena d'on magutt*. E il Pierino non aveva mai lavorato come muratore, non aveva una schiena così forte da sopportare un peso simile e non aveva mai posseduto una particolare attitudine per i lavori manuali: tanto meno per quelli che richiedevano un grande sforzo fisico.

E quando se l'era data a gambe, visto che non era nemmeno un gran corridore, *ghe la faseva puu*. Non ce la faceva proprio a trasportare quel peso così ingombrante. Passare con una carriola in mezzo a tutta quella confusione non era un'impresa semplice. Era facile *borlaa giò*. Cadere per terra perdendo il prezioso carico.

E così patatrac l'aveva fatto lui. Il peggio però doveva ancora venire. L'acciugaio, una volta uscito dal vespasiano, dove aveva cambiato l'acqua alle olive, si era subito accorto del furto e si era messo a inseguire *el lader* urlandogli dietro in dialetto piemontese.

Pierino nella fretta della fuga era andato a sbattere contro la pancia di un corpulento *ghisa* che gli aveva sbarrato la strada.

Va a dà via i ciapp!

Quella non era davvero la sua giornata.

Il *ghisa* si era premurato di prendere il Grassi per un'orecchia e lo aveva trascinato a forza via dal mercato.

L'acciugaio avrebbe voluto riempirlo di sganassoni ma il *ghisa* gli aveva suggerito di preoccuparsi del barile.

Che delitto lasciare tutte quelle acciughe spiaccicate lì!

Davanti alla vista di quel ben di dio spatasciato in terra il *ghisa* si era davvero arrabbiato e aveva rifilato un bel paio di schiaffoni al Pierino che a malapena era rimasto in piedi. «*Disgraziaa, pelandron d'on pelandron!*»

Riprendendolo per l'orecchia aveva iniziato a trascinarlo lungo la via finché non avevano raggiunto la fermata del tram. I curiosi lo videro caricare il Pierino su una vettura. Con naturalezza, senza mollare la presa sul ladro, il *ghisa* aveva pagato la corsa per entrambi al bigliettaio appollaiato sul sedile adiacente a una delle porte.

Il Grassi non aveva mai amato quegli omaccioni impettiti che amministravano la giustizia per le strade di Milano e portavano in testa un lungo cappello che ricordava i tubi di ghisa delle stufe e le grondaie delle case. Non voleva avere nulla a che spartire con loro, ma il destino aveva deciso diversamente. Costretto a sedersi su una delle panche di legno al centro del tram, si era sentito osservato da tutti i passeggeri. E di fianco a lui stava seduto l'enorme *ghisa* che continuava a tenerlo per un'orecchia.

L'orgoglio del Pierino gli aveva impedito di scoppiare in lacrime a causa del dolore provocato dalla morsa a tenaglia del ligio ufficiale del Corpo dei metropolitani di Pubblica sicurezza. Era dal 1920 che questi uomini scelti agivano con le più diverse mansioni. Pierino sapeva benissimo che venivano selezionati non solo per la stazza ma anche per le capacità atletiche. Per star dietro a certi manigoldi serviva gente forte e capace di correre. Alcuni di loro andavano a cavallo, altri eccellevano nel nuoto (abilità utile quando bisognava tuffarsi nelle acque dei Navigli), altri ancora cominciavano persino a usare le moto con dimestichezza.

Il percorso del Pierino Grassi sino alla questura di piazza San Fedele era stato breve. Sperava che tutto si sarebbe chiuso in fretta, magari solo con qualche rimprovero ad alta voce, altri due o tre manrovesci e una minaccia. Del resto non aveva proprio fatto in tempo a rubare il barile di acciughe. Lo avevano acciuffato quasi subito.

Ma non era andata così.

Da San Fedele era finito dritto a *San Vittur*.

La sua, aveva detto il prefetto Vincenzo Pericoli, presente in questura quella mattina, doveva essere una punizione esemplare. Un segnale chiaro: il mercato del Verziere era una zona che i *malnatt* dovevano evitare.

E così, poche ore dopo il Pierino Grassi si era visto rinchiudere in cella dalla guardia Antonio Cerruti.

Fu solo allora che scoppiò in lacrime.

«Guarda che piangere qui non serve a nessuno!» gli disse il secondino.

«Sì, sì, ma *l'è possibil finì al Duu domaa per on barilott de pés*?»

«Ue', pirla, si finisce dentro anche per meno in questo periodo. L'altro giorno una sciura ha passato la notte al fresco solo per aver rubato un sacco di micche dal *prestinee* di Santa Redegonda. Il panettiere non aveva neanche sporto denuncia ma l'hanno punita lo stesso dopo aver ritrovato il sacco nella sua abitazione di via del Cappello, dove vive con quattro figli. Ufficialmente è senza marito e si arrangia come può portandosi qualche cliente in casa. Neanche san Satiro che ha la *gesa* proprio là di fronte le ha concesso la grazia. Da Roma sono arrivate normative precise del capo della polizia per il rispetto dell'ordine pubblico. Prima è toccato a quelli del Bottonuto subire una prima rigirata e adesso pure al Verziere hanno deciso di intervenire per allontanare i *malnatt*.»

Anche al Cerruti non piaceva quel nuovo modo di gestire la città imposto dal regime. E quelli stavano davvero diventando tempi pesanti per *pulè* e *malnatt*.

Lui di solito non dava confidenza ai detenuti. Ma la storia di quel povero ragazzo finito dentro per aver cercato di rubare un barile di acciughe lo aveva colpito. E Pierino, passate le lacrime, lo aveva sorpreso perché sembrava saperla lunga su San Vittore. Più lunga di lui.

Il Grassi aveva confessato che per un po' si era guadagnato qualche *danee* facendo pacchi proprio per i detenuti. I parenti li ordinavano nel bar davanti al carcere. E i pacchi potevano contenere vestiti, scarpe, cibo, sigarette e qualsiasi cosa servisse ai pensionanti del Due in piazza Filangieri.

Ogni volta che Pierino ne aveva preparato uno aveva scoperto qualcosa di più sulla vita degli ospiti del carcere. E fra le tante storie che aveva sentito c'era anche la leggenda del santo che proteggeva quelle mura e chi ci stava rinchiuso dentro. Che strano san Vittore, il protettore dei detenuti ma soprattutto degli evasi. Un santo capace di vigilare al tempo stesso su Milano e Marsiglia. A lui si rivolgevano gli innocenti dietro le sbarre, a lui i condannati in attesa di giudizio.

«Vittore l'era un *negher*» spiegò Pierino all'Antonio Cerruti.

«Cosa?»

«*Si t'è capì ben Cerruti, san Vittur l'era un negher* e se l'avessi incontrato per strada lo avresti *ciamaa Africa* perché era scuro di pelle e originario della Mauretania.»

«E tu come lo sai?»

«Me l'ha raccontato anche mia zia che è portinaia al Sempione.»

«Pure sant'Agostino era nero di pelle, me l'ha detto il commissario De Vincenzi una volta che l'ho riaccompagnato in questura. Aveva una copia de *Le confessioni* sottobraccio e mi ha colpito che un poliziotto come lui girasse con un libro del genere.»

«Buono quello. Sui Navigli lo chiamano il poeta di San Fedele.»

«Il poeta?»

«Sì, perché è l'unico sbirro a Milano che ricama poesie sui crimini e i criminali. Ma *el capiss nagòtt*.»

«... ma non ha risolto un sacco di casi importanti?»

«Io so solo che gli piace mangiare la *cassoeula* a sbafo.»

«Che intendi?»

«Se lo avessi visto trangugiare costine, verze e cotiche, mi capiresti.»

«Quand'è che hai mangiato con lui?»

«L'ho incrociato un paio di volte nella portineria di mia zia e posso assicurarti che non si tira indietro se si tratta di mangiare. Né lui né i suoi allegri compagni.»

«Pensavo che il commissario passasse in San Fedele tutto il suo tempo...»

«Sì, sì, un poeta del crimine bravo più con la forchetta che con la pistola.»

«Ma non dovevi parlarmi di san Vittore.»

«*Adess tel disi su* perché mi sei simpatico. *Alòra*... Vittore era un soldato romano, un coraggioso legionario che aveva combattuto con onore al servizio dell'Impero. Sembrava destinato alla gloria quando un bel giorno l'imperatore Massimiano stabilì che i suoi uomini avrebbero dovuto abbandonare per sempre la fede cristiana. Vittore pensò bene di disertare. Venne arrestato e costretto a diversi giorni di digiuno. Lo portarono nel Circo al cospetto di Massimiano. L'imperatore si era fatto costruire un imponente palazzo nella zona di via Brisa quando aveva scelto di trasformare Mediolanum nella capitale dell'Impero romano d'Occidente. Dopo, aveva allestito un grande Circo dalle parti di corso Magenta...»

«Il Circo? Mi stai dicendo che i Romani assistevano anche loro agli spettacoli di clown, lanciatori di coltelli ed equilibristi?»

«*Te set propi on ciula*, Antonio. Ai tempi dei Romani esisteva il Circo ma erano i gladiatori a esibirsi. C'erano le bestie feroci, non i clown. E c'era poco da ridere all'epoca, soprattutto se eri un cristiano. Ci impiegavano un attimo a darti in pasto ai leoni.»

«Parli come uno che ha studiato, Pierino.»

«Ho imparato ad ascoltare storie in portineria.»

«Da tua zia al Sempione...»

«Non solo da lei. A Milano se vuoi sapere davvero che succede in città devi fare il giro delle portinerie o quello dei cimiteri.»

«O avere un amico in San Fedele.»

«Eh sì, bravo te e il tuo De Vincenzi!»

«Tu sei un dritto, Pierino. Mi sto chiedendo com'è che t'hanno arrestato.»

«Il barile pesava troppo e la carriola non stava bene in equilibrio sulla ruota.»

«Le acciughe pensavi di portarle a tua zia?»

«Tu non puoi capire. Vuoi che la finisca o no 'sta benedetta storia di san Vittore?»

«Dai, *conta* su.»

«All'epoca dei Romani accorrevano in tanti ai combattimenti dei gladiatori. Su di loro si scommettevano decine di sesterzi. Quel giorno però niente giochi e niente scommesse. I presenti assistettero allo scontro fra Massimiano e il ribelle Vittore. Anulino, il consigliere dell'imperatore, chiese al soldato di rinunciare alla fede nel mezzo dell'arena. Dopo, avrebbe sacrificato agli dèi pagani per purificarsi. Solo così avrebbe avuto salva la vita. Vittore si rifiutò. Così lo riportarono in prigione dove cominciarono a torturarlo. Prima lo bastonarono con delle verghe, poi versarono sulle piaghe del piombo fuso. Vittore non cacciò un urlo. E il piombo per miracolo non gli bruciava la pelle. Colpiti da quello che era successo tre degli uomini che lo sorvegliavano si convinsero che in lui ci fosse qualcosa di sacro. E decisero di convertirsi al cristianesimo. Quando l'imperatore lo venne a sapere, ordinò che ai tre fosse tagliata la testa. La sorveglianza di Vittore fu affidata ad altri carcerieri, ma questi furono presi da una strana sonnolenza e si addormentarono. Così mentre quei *ciula* dormivano, san Vittore scappò. I Romani gli diedero la caccia per giorni e quando finalmente riuscirono a scovarlo vicino a Lodi decisero di giustiziarlo sul posto. Gli tagliarono la testa e lasciarono il corpo insepolto nella speranza che le bestie lo divorassero, ma nessun animale osò avvicinarsi. Il cadavere di san Vittore fu ritrovato intatto dal vescovo san Materno che gli diede pietosa sepoltura. Mia zia sostiene che il fantasma del santo abbia perseguitato per tutta la vita Massimiano e l'abbia portato alla pazzia. Pare che ogni volta che un carcerato evade dal Due il suo spirito appaia senza testa anche qui.»

«Stai scherzando, vero?»

«Be', non li hai mai sentiti tremare i muri da queste parti?»

«Sei andato fuori di testa, Pierino?»

«No, conosco il posto meglio di te!»

Antonio guardò in maniera perplessa il carcerato. E fu allora che un boato scosse le mura. Un colpo. Poi il silenzio. Quindi un secondo colpo. Sembrava che qualcuno stesse prendendo a cannonate il carcere.

«Oh, cavolo.»

«Secondo me c'entra il santo, caro Antonio.»

«Mah...»

«Fossi in te mi sbrigherei. Il Due trema così solo quando c'è un'evasione.»

El Balila

Pierino Grassi, seduto sulla branda della cella, vide la guardia Antonio Cerruti correre in fondo al corridoio. Il moschetto d'ordinanza a tracolla lo rallentava.

Dalla zona centrale del carcere continuava a rimbombare l'eco dei colpi che si abbattevano sul muro di cinta. Se qualcuno stava davvero evadendo, Antonio doveva agire in fretta. Ma non sarebbe stato prudente affrontare da solo un gruppo di ergastolani. Ci voleva una posizione di vantaggio per gestire la situazione. Così decise che la cosa migliore era raggiungere la sommità delle mura in un punto riparato, da cui si poteva dominare sia l'interno sia l'esterno del carcere. Era un ottimo tiratore e dall'alto nessuno gli sarebbe sfuggito. Salì le scale della torretta arrivando in cima. Gli mancava il fiato. Si trovò immerso nella nebbia. Non vedeva a un metro dal naso. Intanto i colpi in basso continuavano a echeggiare nell'edificio. E sembravano quasi scuoterlo.

«Ehi, c'è nessuno quassù?» urlò Cerruti.

«Siamo qui.»

Antonio riconobbe la voce del Brambilla, il collega di porta Lodovica con il quale era solito scambiarsi il turno di guardia. Brambilla preferiva l'aria aperta e, quando poteva, evitava di stare all'interno. Stare in cima a San Vittore gli permetteva di dominare la città, di guardare in faccia ogni mattina la *Madunina* e salutarla. Ma quella non era una mattina qualsiasi. La nebbia era densa, impenetrabile. Cerruti cominciò a spostarsi attento a dove metteva i piedi. Sentiva confabulare ma non distingueva le parole. Intanto i colpi proseguivano a ripetizione. Assomigliavano a un vero e proprio bombardamento di cannone.

Cerruti raggiunse Brambilla e Rizzo. «Vedete qualcosa?» domandò.

«Nulla, *colega*.»

«Ma dove sono gli altri?»

«Non lo so.»

«Sembra di essere sotto attacco.»

«Non è la prima volta che capita.»

«Come non è la prima volta?»

«È successo anche l'altra settimana.»

«Passami il binocolo» disse Brambilla.

Rizzo glielo allungò e l'altro rimase in silenzio qualche minuto a guardare nel vuoto.

«Allora?»

Brambilla continuava a tacere.

«Ehi, collega. Allora?»

«*M'avii fat ciapaa on stremissi per nagòtt. A l'è el Balila*» rispose Brambilla restituendo il binocolo.

«Ma che stai dicendo.»

«*Ue, ciula, l'ha dì che l'è el Balila!*»

«Chi?»

«*El Balila, el giugadur del folball.*»

«Ma sei impazzito?»

«*Matt mi sun minga e te nuvelin te capis na got! Ciapa!*» continuò ad apostrofarlo Brambilla. «*Varda lì*, osserva, *inscì te capiset on quaicoss, ciula!*»

Rizzo non vedeva nulla. A un certo punto scorse un oggetto che ad alta velocità emergeva dalla nebbia. Passò qualche minuto e l'oggetto attraversò di nuovo la spessa coltre a velocità raddoppiata. Quindi un nuovo colpo si abbatté sulle mura. Rizzo ruotò le lenti del binocolo e mise a fuoco. Nel mezzo della bruma, proprio al centro di piazza Filangieri, emerse un'ombra, immobile. Poi un altro oggetto fuoriuscì dalla nebbia e raggiunse la sagoma che si mosse rapida e scagliò di nuovo l'oggetto in mezzo al nulla. Solo allora Rizzo cominciò a capire quello che stava capitando. Ma dovette assistere a un'altra pallonata indirizzata contro il muro per capire che quello a cui stava assistendo era vero. L'ombra era un ragazzotto vestito solo con una maglietta e un paio di pantaloni corti. Da circa un quarto d'ora stava bersagliando il carcere di San Vittore con il suo pallone. Ogni volta che il muro lo respingeva il giovane attendeva che la sfera tornasse alla sua portata per calciarla ancora. Possedeva un tiro formidabile e pareva avesse una gamba perfetta per quelle bordate. Per un po' Rizzo pensò che il ragazzo stesse quasi galleggiando nella nebbia, tanto era agile. C'era qualcosa di portentoso nel modo con cui colpiva la palla. E a Rizzo parve di assistere a un evento quasi miracoloso. Poi capì: quell'ombra avvolta dal manto grigio, che all'inizio gli aveva ricordato uno spettro, era in realtà l'ombra di un campione. Brambilla diede una pacca sulle spalle di Rizzo risvegliandolo dai suoi pensieri e rivolgendosi anche a Cerruti commentò: «Non vi era mai capitato questo turno, eh, novellini? Sono ormai mesi che *el Balila* viene qui alle sei del mattino a *tiraa la bala contra al mur del Duu*».

«Mi volete spiegare chi è questo Balilla?» domandò Cerruti.

«Perché nessuno lo ferma? Io stavo per spararglì» aggiunse Rizzo.

«*Damm ona bionda che ve la conti mi la storia, ciula!*»

I tre uomini posarono i fucili e il più vecchio chiese una sigaretta. L'accese e il fumo si perse nella nebbia.

«*La ve pias la scighera, fieou?*»

«Cosa?»

«La *scighera*, la nebbia?»

«No, mi manda in confusione, non mi ci sono ancora abituato.»

«*Te capise nagòtt, novellino. La scighera l'è la poesia del Milan.*»

«Sì, ma questo Balilla chi è?» insistette Rizzo.

«*El Balila l'è el padròn de tutta Milan.*»

«Un ragazzino che gioca a calcio?»

«*Un gandula, anzi un malnatt.* Ma che gioca come un dio. La sua è una vera e propria leggenda e *adess ve la conti mi la sua storia.*»

Perché Socrate non evase di prigione

Quando alla mattina Pierino Grassi si risvegliò nella sua cella nel carcere di San Vittore non si aspettava niente di buono. Ma di certo non si aspettava di vedere al di là delle sbarre seduto su uno sgabello il poeta di San Fedele.

Il commissario De Vincenzi sembrava assorto. Aveva in mano un libro e lo stava leggendo con attenzione. Pierino lo osservava stupito dalla branda.

Che era venuto a fare lì? Lo sguardo gli cadde sul titolo del volume: *Critone*. Senza alzare gli occhi, De Vincenzi gli rivolse la parola: «Ben svegliato, Pierino».

«*Commissari*, perché è qui al Due?»

«Ogni tanto vengo a visitare le anime perse che finiscono dentro.»

«Non mi prenda in giro.»

«Per occuparsi di criminali bisogna incontrarli, caro ragazzo. E bisogna chiacchierare con loro sia prima del crimine sia dopo.»

«Io non ho fatto nulla!»

«Diciamo che non ci sei riuscito.»

«Ma non ho neanche avuto il tempo di giustificarmi...»

«E cosa dovevi spiegare? Che hai rubato un barile di acciughe?»

«Ma *commissari*, era solo per tirare su *duu sghèi*.»

«Com'è il detto, Pierino? *Mi g'ho mai avuu danee e paura*. Un bel proverbio ma che non risolve la tua situazione.»

«Per lei è facile, commissario, seduto tranquillo dall'altra parte.»

«Potresti venire anche tu qui» rispose De Vincenzi. «Basta che apri la cella.»

«E come?»

«Non vedi che l'Antonio Cerruti ha lasciato le chiavi proprio nella toppa?»

«Scherza, commissario?»

«Niente affatto, se fossi in te mi alzerei e uscirei.»

«Ma...»

«Senti, quanto ancora deve aspettare tua zia?»

«Non le avrà già detto che...»

«Le sarebbe venuto uno *stremissi*!»

«In effetti...»

De Vincenzi tornò a immergersi nelle pagine del libro.

«Allora che devo fare?»

«Io è da un paio d'ore che ti osservo e se andiamo avanti a perder tempo credo che avrò persino finito la mia lettura di Platone.»

«Ma di che parla 'sto *Critone*?»
«Di evasioni, carcerati e condannati a morte.»
«Non ci credo.»
«È vero, e io ti sto solo spiegando il libro.»
«Tanto non lo leggerò mai.»
«Certo, non mi illudo che diventi un filosofo, ma magari un po' più furbo, sì!»
«Lei vuole girare il coltello nella piaga. Non potevo immaginare che al Verziere mi avrebbero pizzicato.»
«Dovresti deciderti una volta per tutte a lavorare. I tuoi problemi finirebbero.»
«Se anche glielo promettessi, commissario, non risolverei i problemi. Io sono chiuso qui e lei è dall'altra parte a guardarmi.»
«Alzati e apri la cella, allora. Che forse la risolviamo più in fretta.»
«Se lo facessi, penserebbero che abbia tentato di evadere.»
«E se ti dicessi che ho parlato con il prefetto, come la metteresti? Se ti dicessi che ho ottenuto che se mettessi il naso fuori da quel buco maleodorante, potremmo passare dal direttore a firmare il permesso di uscita?»
Pierino non credeva alle proprie orecchie. Si fece coraggio e si avvicinò al portoncino della cella che si aprì appena lo toccò. De Vincenzi continuava a leggere.
«E adesso?»

«Adesso cerchiamo di darti una sistemata. Se ti vede in queste condizioni, tua zia si preoccupa.» Il commissario chiuse il libro e si mise in piedi accanto a Pierino. Camminarono lungo tutto il raggio. Durante il tragitto si imbatterono in alcune guardie che salutarono con reverenza il poliziotto.

Scesi al piano di sotto, incrociarono l'Antonio Cerruti.

«Buongiorno, commissario. Lo sa che l'altro giorno il suo protetto mi ha quasi fatto venire un infarto con certe storie di santi e fantasmi.»

«Il Pierino è bravo a contarla su. È un po' meno bravo a cercarsi un lavoro serio, ma io e sua zia abbiamo pensato di dargli un aiutino...»

«Cosa intende, commissario?» gli sussurrò in un orecchio il giovane Grassi che teneva lo sguardo basso.

«Da domani sarai parecchio impegnato e ti guadagnerai il pane con un impiego onesto. Non potrai più perdere tempo. Ci saranno poche chiacchiere e nessuno pronto ad ascoltarti.»

La guardia Cerruti stava osservando il volume che De Vincenzi teneva sotto il braccio. «Lei non si fa mai mancare da leggere, commissario?»

«Mai, caro Antonio.»

«E di che parla quello?»

«Il *Critone* è un libro perfetto per queste mura. È un dialogo fra Socrate e il ricco ateniese Critone. Quest'ultimo vuole convincere il filosofo a evadere dal carcere in cui è rinchiuso. Ha preparato per lui anche una nave con la quale allontanarsi da Atene. Critone spiega a Socrate che con il suo denaro corromperà le guardie e così Socrate potrà sfuggire alla condanna a morte ingiusta alla quale è destinato. Critone cerca di convincere il maestro ad accettare quella proposta perché è l'unica possibilità che ha di salvarsi. Socrate gli risponde che, pur essendo innocente, non può accettare di sfuggire alla pena capitale alla quale è stato condannato. Se lo facesse andrebbe non solo contro le leggi di Atene ma soprattutto contro quelle della morale che ha sostenuto per anni. Una norma, anche se ingiusta, non va mai trasgredita: al contrario bisogna battersi per cambiarla in meglio. Socrate sostiene che evadere equivarrebbe a tradire quelle leggi che hanno fondato la democrazia di Atene per la quale ha combattuto tanto a lungo. Non può concepire che una persona anziana come lui, che è stata sempre coerente, assuma un comportamento trasgressivo e assurdo solo per scampare alla morte. La vita umana ha meno valore della giustizia. Non bisogna tenere in massimo conto il vivere in quanto tale, bensì il vivere bene che coincide con il vivere secondo la virtù e l'onestà.»

«Quindi lei, commissario, mi sta dicendo che, nonostante fosse stato accusato ingiustamente di corrompere i costumi dei giovani, Socrate accettò la condanna senza opporsi?»

«Accettò di bere la cicuta consapevole che il suo messaggio sarebbe arrivato ai posteri.»

«Ma allora lei perché si è adoperato per scarcerare il Pierino. Il barile di acciughe l'ha rubato per davvero, e meriterebbe di stare dentro. Magari il suo senso di giustizia cambierebbe così come la sua moralità.»

«Sì, ma tu, Cerruti, hai mai pensato a quanta gente finisce dentro per un nonnulla, qui a Milano, e non esce più? Da domani il Pierino sarà costretto a dar ragione a me, a te e alla giustizia, della sua scarcerazione. Gli è stata concessa una seconda possibilità. E forse questo gli permetterà di guardare il mondo con altri occhi.»

«Ha ragione, commissario. Ha messo più gente in carcere la fame che il male. Sei fortunato, Pierino, ad avere un amico come il commissario.»

Il giovane non riusciva ad alzare lo sguardo. E lo tenne basso per tutto il resto del giro. Sollevò gli occhi solo quando sentì il clangore del chiavistello del portone che si apriva e mise a fuoco piazza Filangieri. Senza parlare il commissario gli fece cenno di seguirlo. Girarono l'angolo e Pierino notò nel mezzo della strada un carro funebre. D'istinto si toccò i pantaloni nella zona bassa.

Dal carro si sentì urlare: «Pirla, è l'ultima volta che ti vedo fare quel gesto! Te lo devi scordare d'ora in poi. Non puoi sputare nel piatto in cui mangi!».

Pierino arrossì fissando suo cugino, l'Armando Ballerini, che smontato dal carro da morto veniva verso di lui.

Mentre lo guardava avanzare come una furia, comprese quale destino gli avesse riservato il commissario De Vincenzi. Sua zia sarebbe stata contenta, lui un po' meno.

La prima *cassoeula* non si scorda mai

Le ossa l'Armando Ballerini se le era fatte da ragazzo al cimitero di Bellano. Qui lo zio Arturo gli aveva svelato tutti i segreti che un buon becchino dovrebbe conoscere. Gli aveva insegnato a seppellire e disseppellire i morti. A scavare fosse e a riempirle. A pulire le tombe con la scopa di saggina. A lucidare le foto dei defunti con lo straccio. A usare bene le corde quando bisognava calare una bara nella fossa. A comporre le corone posate sui feretri. A scomporle dopo la sepoltura e a recuperare quanti più fiori possibili per disporli nei vasi sopra le lapidi oppure in addobbi da esporre nella chiesa di don Vittorio.

Lavorare con i morti era sempre piaciuto all'Armando Ballerini. Trovava fosse più semplice dialogare con loro che con i vivi. La zia Nelide, dal canto suo, lo aveva messo a parte di qualche segreto del suo mestiere di truccatrice per il Teatro della Società di Lecco che gli sarebbe tornato utile. Così l'Armando aveva imparato a ricomporre i cadaveri e a prepararli per le veglie familiari. Possedeva un talento particolare per ridare vita alla carne ormai esanime. Tutto quello che aveva appreso gli era servito quando era stato assunto a Milano dall'impresa di pompe funebri San Respiro. Del piccolo cimitero di Bellano Armando ricordava ancora bene l'ossario dove era costretto a trasportare i resti dei cadaveri che puntualmente venivano eliminati dal campo santo secondo i termini prescritti dalla legge. Se nessuno dei parenti reclamava le spoglie dei propri defunti, queste venivano raccolte in un gigantesco vascone sottostante al cimitero. Qui, le ossa venivano frantumate. Lo zio Arturo usava un pesante mazzuolo. Poi con una vanga caricava su una carriola la polvere grigiastra e pian piano la scaricava nel lago. La prima volta che l'Armando vide la polvere dei morti spandersi in acqua pensò a quante vite fossero finite in quei fondali. Armando però non aveva mai conosciuto un luogo più spaventoso dell'ossario. Sembrava di entrare nella tana di un cannibale che aveva appena spolpato le sue vittime e ne aveva gettato in un cantone le ossa. Un giorno lo zio lo aveva portato là sotto assieme al giovane dottorino Vitali.

Il futuro medico condotto di Bellano aveva bisogno di un cranio che gli permettesse di studiare da vicino i nervi encefalici. Doveva preparare un esame universitario e il becchino gli aveva promesso di trovargli qualcosa di speciale. Arturo però aveva molta fretta perché la Nelide gli aveva preparato il suo piatto preferito. Una portata dal sapore e dall'intenso, inconfondibile odore: la *cassoeula*.

La casa dei Ballerini in pratica era inglobata nel cimitero e le esalazioni della cucina arrivavano spesso fin nei sotterranei di quel luogo spettrale.

E mentre il profumo di verze stufate e carne di maiale si era sparso nell'aria Arturo si era addentrato col Vitali e l'Armando sotto il cimitero. Era saltato nella vasca in cui giacevano le ossa e aveva cominciato a rovistare in fretta sul fondo. Dopo poco aveva trovato un cranio che faceva al caso suo e lo aveva gettato al Vitali. «*El va ben, dutur?*»

«No. Gli manca un pezzo di mandibola.»

«*Uh, signur... e quest' come l'è?*» aveva chiesto Arturo sollevandone un altro dal mucchio.

«Prova a lanciarmelo.»

Armando aveva visto il cranio schiantarsi al suolo mentre il Vitali mancava la presa.

Crack!

«È meglio se il prossimo lo passo al ragazzo, dottore. *Ciapa su quest'!*»

Crack!

Anche quello era caduto per terra. Arturo ci riprovò con un terzo.

«Ma zio, qui c'è ancora un occhio!»

«E cavalo, ti fa schifo?»

«Non è piacevole da toccare...»

«Passa qui, *conili*!»

Tornato nelle mani del becchino il cranio non sopravvisse all'estrazione.

Crack!

«Uh, *Santa Madona*! Oggi non ce ne va bene una, *porca sidela*!»

Per circa una mezz'ora Armando assistette a lanci di crani umani fuori della fossa. Quando ormai si era convinto che non sarebbero riusciti a trovarne uno pulito e integro, finalmente Vitali riuscì ad afferrare quel che restava di una testa d'uomo che sembrava perfetta per i suoi studi anatomici.

«Questo va benissimo!» disse il dottorino trionfante.

«Oh, allora possiamo mangiare la *cassoeula*.»

«Be', io preferirei andare a casa.»

«Perché? Le fa schifo *mangià cui man che han tuca i oss*?»

«In realtà, mi è proprio passato l'appetito, Arturo.»

«Guardi che io e mio nipote ce le laviamo le mani prima di metterci a tavola. E dopo recitiamo sempre un *Pater, Ave e Gloria* per i defunti che ci danno da mangiare.»

«Non ne dubito, Arturo, ma a me è proprio passato l'appetito. Quanto ti devo?»

«Quanto mi deve, quanto mi deve, *sciur dutur*... Facciamo così, se lei 'sta laurea *la ciapa* mi farà uno sconto sulle visite quando verrò da lei.»

«Contaci, Arturo.»

Da quel giorno il dottor Vitali si rifiutò di sentire anche solo il profumo della *cassoeula* e l'Armando scoprì, invece, mangiandola che sarebbe stata la morte a dargli pane e companatico per tutta la vita.

In tram

Quella che stava transitando per corso Sempione era una vettura serie 1501 assemblata nel 1927. Una vettura a carrelli realizzata dalla società di produzione ferroviaria Carminati & Toselli seguendo un progetto dell'americano Peter Witt. Era venuta talmente bene ed era così veloce che si diceva ne avessero ordinati alcuni modelli negli Stati Uniti da consegnare solo nella città di San Francisco, l'unico posto al mondo che poteva competere con i tram di Milano. L'Armando Ballerini lo ripeteva spesso al commissario De Vincenzi. E Armando se ne intendeva di tram, lui che per anni aveva prestato servizio sulla linea della Gioconda. La Gioconda era il collegamento che aveva rivoluzionato i trasporti funebri in città. Niente più scomodi feretri trainati da cavalli. Niente traffico da bloccare con l'aiuto dei *ghisa*.

Milano si era adattata alla tecnologia per i funerali fin da quando nell'ottobre del 1895 era stato aperto alla città il cimitero di Musocco. Per evitare lunghe code che avrebbero intasato le strade e per sveltire il servizio funebre che pesava troppo sul cimitero Monumentale, il comune aveva pensato bene di affidare alla Edison, che gestiva il trasporto in città, alcuni tram elettrici preposti al trasporto dei feretri. Vetture comode, utilizzabili per tutto l'anno capaci di garantire viaggi tranquilli sia ai defunti sia ai loro parenti.

Quante volte il commissario De Vincenzi si era trovato a chiacchierare con il Ballerini sulla modernità dei mezzi meneghini. Erano puliti, veloci, sicuri. E in quel momento, seduto sulla panca di un tram, il commissario osservava la città con un occhio davvero speciale. Scese all'Arco della Pace perché aveva l'esigenza di sgranchirsi le gambe e snebbiarsi un po' le idee. Aveva ancora in tasca il *Critone* che si era portato dietro dalla mattina. E si chiedeva che fine avessero fatto l'Armando e il nipote della sciura Maria Ballerini dopo che li aveva visti montare insieme sul carro funebre in piazza Filangieri. Di certo l'Armando non aveva lasciato il ragazzo con le mani in mano. C'era sempre qualcosa da fare all'impresa di pompe funebri San Respiro, sempre aperta e sempre disponibile per i clienti.

Mentre camminava per la strada che lo avrebbe riportato a casa il commissario vide una bicicletta venire verso di lui. L'uomo che stava pedalando con fatica portava legato alla schiena con uno spago un oggetto davvero ingombrante. Un enorme materasso la cui estremità finiva sul portapacchi anteriore della bicicletta.

«Si fa ginnastica, Giovanni?» domandò ad alta voce De Vincenzi.

«Ma che ginnastica e ginnastica. Non ho mica il tempo di fare l'atleta io e andare in palestra. Sto riportando il materasso a un cliente» rispose il Giovanni Massaro.

«È un lavoro pesante il tuo.»

«Più che pesante è un lavoro di precisione, *sciur commissari*. Io ritiro i materassi alla mattina presto nella casa dei clienti. Quando li prelevo si sente ancora il calore dei loro corpi. Arrivato al negozio sbatto i materassi con cura, tolgo la polvere. Apro le fodere e levo la lana. La controllo e la pulisco, e nel caso serva la lavo e l'asciugo. Quando tutto è in ordine, mi occupo delle cuciture. Controllo se la fodera è ancora buona, se ha dei buchi, se devo rattopparla oppure se devo proprio sostituirla perché è andata. La mia missione è complicata, i clienti si aspettano che restituisca i materassi entro sera. E io cerco di rispettare la consegna. Così possono dormire tranquilli. Molti mi dicono che è incredibile. E non solo per il profumo di pulito. Qualcuno sostiene che è come assaporare di nuovo la sensazione della prima volta che uno si è sdraiato.»

«Potrei definirti il custode del buon riposo, Giovanni.»

«E io potrei chiamarla il poeta di San Fedele, *sciur commissari*.»

«Uno di questi giorni ti chiederò di dare una sistemata anche al mio materasso. Ho il sospetto che abbia davvero bisogno delle tue cure.»

«Per voi sono sempre a disposizione, *sciur commissari*. Anche se ha bisogno di informazioni. Lei lo sa che i letti non nascondono segreti: li rivelano.»

La Gioconda e l'odore della morte

Ci aveva messo un po' di tempo il Pierino Grassi a imparare il linguaggio dei morti e quello dei becchini. All'inizio era stato difficile superare le superstizioni. Non toccarsi i cosiddetti, non farsi il segno della croce al passaggio di un carro funebre, non pronunciare scongiuri o imprecazioni davvero inappropriate per il mestiere che suo cugino, l'Armando Ballerini, gli aveva insegnato.

Una delle prime cose che Pierino gli aveva chiesto riguardava l'odore acre della morte che fin da bambino percepiva alle veglie e ai funerali. Quell'odore con il quale adesso doveva convivere ogni giorno al cimitero, negli ospedali, nelle camere mortuarie e nelle stanze della San Respiro nella quale lavorava il Ballerini.

«Ma come hai fatto ad abituarti all'odore?» aveva domandato dopo qualche giorno di servizio all'Armando.

«Non posso dirti che mi ci sono abituato. È impossibile toglierselo dalle narici. Puoi lavarti quante volte vuoi ma rimane. C'è qualcuno che si mette nel naso della crema alla menta. Ma una volta asciugata, l'odore ritorna. Non basta lavare i cadaveri o profumarli. Non serve nemmeno stare in mezzo ai fiori con le bare aperte. Lo senti anche al cimitero quando chiudi con la calce i colombari. È uguale ovunque: da Musocco al cimitero Monumentale, da Greco a Lambrate. Te lo porti a casa anche la sera dopo che hai finito di lavorare.»

«Quindi non potrò eliminarlo mai?»

«No, perché credo che sia proprio uno stato mentale. Anche se all'apparenza non c'è, ti sembra di avvertirlo. È difficile da spiegare, ma a furia di frequentare la morte, la si immagina anche. E si impara ad amare in altro modo la vita.»

«Tu sei davvero contento di questo mestiere?»

«Sì, lo trovo onesto e sincero, però mi manca un po' la Gioconda.»

«La Gioconda di Leonardo? E che c'entra? C'è poco da ridere coi morti, e il suo sorriso enigmatico non assomiglia a quello di un cadavere.»

«Ma no, che hai capito? La Gioconda è il nome che i milanesi hanno dato per un po' di tempo al servizio funebre allestito con l'uso dei tram. A Milano, per non piangere, si ride su tutto.»

«Cosa?»

«Una volta non sembrava bello che la città venisse attraversata da cortei funebri e d'altra parte se si dovevano fare lunghi trasporti tra l'ospedale Maggiore e Musocco o tra il centro e il cimitero Maggiore, il rischio era di bloccare il traffico. Allora si pensò bene di ovviare al problema trasferendo i defunti e i loro parenti via tram. Un trasporto veloce, rispettoso e quasi invisibile. Nel tempo prese il nome beffardo di Gioconda. Perché la Gioconda non ha sorriso e c'era poco da ridere a veder passare quei cortei su rotaia.»

«Di che colore era la vettura?»

«Tutta nera.»

«E da dove partiva?»

«Da una stazione speciale dalle parti di via Bramante in una via quasi addossata al cimitero Monumentale. Era un vero e proprio scalo. C'era una sala adibita al carico e scarico dei feretri, una per il deposito, una in cui i sacerdoti benedicevano e una terza per accogliere i parenti dei defunti e permettere persino dei piccoli ricevimenti.»

«Ma è pazzesco.»

«E immagina che il servizio era attivo già nel 1895. Hanno smesso di usare la Gioconda solo tre anni fa.»

«Quindi fino al 1925 i morti a Milano viaggiavano in tram?»

«Certo, e avevano anche le loro stazioni a Musocco e a porta Romana. Utilizzavano ben ventidue motrici e sedici vetture. Le carrozze erano riscaldate d'inverno e ventilate d'estate. E per evitare che dall'esterno si vedessero le bare, i finestrini avevano i vetri smerigliati. Un servizio pulito, efficiente e silenzioso che ha trasportato per tanti anni la morte e il dolore per Milano.»

«Lo rimpiangi?»

«Certo, perché almeno per una volta la tecnologia era al servizio della pietà e del rispetto, e la città aveva riguardo per le sofferenze dei familiari. Ho il sospetto che negli ultimi tempi i grandi funerali pubblici siano organizzati solo per dare lustro a qualcuno. Servono per le campagne politiche, non per ricordare i morti.»

E i fatti del 12 aprile del 1928 costrinsero Pierino Grassi a dare ragione per sempre al Ballerini.

La pistola

No, non l'aveva mai detto ad Antonietta di possedere una pistola. Povera donna.

Ogni volta che lo chiamavano di notte dalla questura, la sua vecchia balia rischiava di morire d'infarto. Il suo cuore di mamma la spingeva a proteggerlo, almeno quando, tornato a casa alle ore più assurde, si coricava e sembrava dormire sonni tranquilli. Di giorno, mentre lui era in giro a fare il poliziotto, Antonietta non poteva nulla.

Così, se il vicecommissario Bruni provava a svegliare il povero Carlo, lei combatteva per lasciarlo riposare: «Ma volete la pelle di quel ragazzo? E per lo stipendio che gli date, poi! Con il suo ingegno...».

«Appunto, signora Antonietta. Proprio perché ha ingegno lo chiamano sempre. È il migliore!»

«Ma ci sarà qualcuno che può sostituirlo, no?»

«Non oggi, signora. Non ora!»

«E io che dovrei fare, secondo lei?»

«Andare a svegliarlo, signora Antonietta. E mi scusi... anche stavolta l'abbiamo costretta ad alzarsi. È più semplice quando il commissario decide di fermarsi qui in San Fedele.»

«Assurdo. Come riesce a dormire in quella stanzetta?»

«Le assicuro che se non è intento nella lettura di uno dei suoi libri, il commissario ci riesce. Anzi oserei dire che...»

«Lei non osi niente. Carlo è troppo buono, non si tira mai indietro. Mette a rischio ogni giorno la salute fisica, e anche quella mentale, lavorando con voi.»

La scena si era ripetuta decine e decine di notti. E puntualmente Antonietta si era presentata davanti alla porta della camera di Carlo. Bussava sempre con un tocco leggero e lui da dentro le rispondeva sempre con le stesse parole: «Arrivo, il tempo di infilarmi la camicia e i pantaloni».

Sembrava non dormire mai. E sembrava quasi in attesa della chiamata. Ma Antonietta aveva paura che quella potesse essere l'ultima, quella fatale. Aveva paura di non rivederlo più. L'aveva cresciuto lei in Val d'Ossola accanto alla madre. Gli aveva dato il suo latte. Lo aveva accompagnato nei primi passi e ora che il signorino era diventato adulto non poteva certo abbandonarlo. Avevano scelto insieme di andare ad abitare in via Massena. Non era certo la strada più bella di Milano. E il Sempione non era la zona più ricca della città. Ma c'era tanto verde. Era vicino al parco. E in pochi minuti a piedi il suo Carlo arrivava in centro. Gli piaceva attraversare la nebbia e passeggiare per il viale alberato di corso Sempione. Quello era la porta trionfale d'ingresso a Milano che collegava il Sempione all'Arco della Pace. Univa due punti cardine della città: il castello Sforzesco e il cimitero di Musocco. Due luoghi facilmente raggiungibili a piedi o in tram a seconda dell'umore e della giornata. Carlo e Antonietta vivevano ormai da alcuni anni in una piccola casa in subaffitto composta da poche stanze. Di rado i due pensavano alla Val d'Ossola, alla madre di Carlo, alle galline, al cane, ai terreni intorno alla casa contadina di famiglia. Più spesso Carlo tornava con la mente alla sua esperienza di tenente di artiglieria. Gliela ricordava quella pistola che ogni giorno toglieva dal cassetto del comò e infilava nella tasca del soprabito. Era una Glisenti 9mm, una semiautomatica ideata nel 1910 per gli ufficiali dell'esercito italiano. Il commissario Carlo De Vincenzi non se n'era mai separato dalla fine della guerra e la portava sempre con sé. Se l'avesse trovata, Antonietta di sicuro si sarebbe preoccupata, ma Carlo fino a quel giorno era riuscito a nascondergliela. Era un'arma leggera che non gli pesava durante le passeggiate. Necessitava solo di un'attenta cura per evitare che si inceppasse. Per questo la smontava e puliva con una certa frequenza. E per evitare brutte sorprese la caricava da sempre con proiettili 7,65 parabellum molto più funzionali e affidabili di quelli calibro 9 con i quali era stato costretto a sparare in battaglia. Da quando era arrivato a Milano la pistola non aveva più esploso un colpo. C'era stato persino un momento in cui aveva pensato di lanciarla nel Naviglio. E forse lo avrebbe anche fatto se non avesse temuto che magari uno dei *malnatt* che si aggirava in zona con i barconi avrebbe potuto recuperarla in qualche modo. E anche se l'acqua l'avesse resa inservibile, solo impugnandola avrebbe potuto spaventare qualcuno e rapinarlo.

La *scighera*

Il commissario Carlo De Vincenzi aveva scoperto cos'era la *scighera* la prima sera che era arrivato a Milano in treno. Uscito dalla Stazione Centrale si era trovato avvolto in un nebbione folto e impenetrabile, estremamente denso. A malapena i lampioni di piazza Duca D'Aosta fendevano quella sorta di enorme bambagia fluorescente che i milanesi chiamavano *scighera*. Era una nebbia diversa da quella che emergeva fra i monti della Val d'Ossola nei quali era cresciuto. La *scighera* sembrava impossibile da dissolvere. In città sostenevano che nemmeno un coltello la potesse tagliare. Una sorta di coperta umida e plumbea che nascondeva le vie, i tram, le persone. Dietro il fitto muro grigio che cancellava ogni cosa e impediva di vedere persino le proprie scarpe sul selciato, De Vincenzi aveva capito subito che si celava il vero carattere di Milano e dei suoi abitanti. Dietro la *scighera* si nascondevano i grandi misteri del capoluogo lombardo. E quella sera da piazza della Scala non si distinguevano nemmeno le lampade ad arco della Galleria. I pochi passanti che osavano affrontare quel percorso avvertivano decine e decine di aghi sulla faccia e avevano le dita intirizzite. Piazza San Fedele pareva il luogo dove andava raccogliendosi tutta quella nebbia. Un lago bituminoso di bruma dentro cui le lampade ad arco aprivano rari aloni rossastri. Alzando lo sguardo dalla sua scrivania De Vincenzi notò che la finestra dell'ufficio era assediata dal vapore. L'aveva studiato per giorni quello strano fenomeno che rendeva Milano in qualche modo unica. E in una delle tante notti passate sveglio in questura in piazza San Fedele aveva letto una breve composizione sull'inverno davvero illuminante: "Sta scighera, color ragnera, la ven su da la risera, la imbottiss Milan, la se cascia in di strad, in bocca, in di œucc, in del nas, in di saccocc, la scond i ciar, la smorza i ôr, la tacca el fèr, la smangia el sass, la ferma come on mur i carr, i bèsti, la gent e i lader so parent".

Quello scritto in dialetto di Emilio De Marchi mostrava lo spirito di una città che giganteggiava perché aveva la Scala, il Sempione, il Duomo, la Galleria ma anche: "I tram, la lûs elèttrica, l'ospedaa... I forestee che vègnen de lontan, veduu Milan, conten cent meravili di noster micchett, del noster paneton e della confusion che se mœuv per i strad e della gent rotonda e lustra che va attorna". Della *scighera*, delle michette, del panettone, dei Navigli, della fretta e della confusione e dei tram che affollavano Milano in quei tempi De Vincenzi si era innamorato subito. Lui che si affidava poco ai rilievi dei colleghi della Scientifica e che teneva in gran conto gli indizi psicologici insieme ai caratteri morali del delitto. Il suo assioma era: "Il delitto è una derivazione della personalità". E si affidava anzitutto all'onda psichica. Poi entrava in gioco l'ambiente e l'influenza che esso esercitava sull'assassino e sulle sue azioni. Così per prima cosa, De Vincenzi cercava di assorbire l'ambiente. E la *scighera* era l'ambiente di Milano. Il sapore, il pensiero, l'umore della città.

La *ligéra*

Scighera era la prima parola meneghina che il commissario aveva appreso arrivando a Milano, ma ce n'era un'altra che gli aveva chiarito come quella città avesse una particolare propensione a guardare il mondo con occhi speciali.

La seconda parola che il De Vincenzi aveva incontrato era *ligéra*. Ed era apparsa all'improvviso in una battuta del vicecommissario Bruni: «Mi raccomando, dottore, metta via la pistola. Dobbiamo essere senza armi. Non servono con la *ligéra*».

Senza capire le parole del collega, De Vincenzi lo aveva guardato perplesso.

«Non serve usare le armi perché nessuno della *ligéra* ne fa uso» aveva spiegato Bruni. «Qui non siamo mica nel Far West. Lo so che lei in Val d'Ossola avrà visto saltar fuori forconi, roncole, coltelli o magari qualche fucile da caccia in certe situazioni. Ma da noi funzionano meglio gli *sgiafun*. Un paio di schiaffoni ben affibbiati a un *malnatt* e la musica cambia. Funzionano anche quando uno è armato di coltello.»

«Ma cos'è la *ligéra*?» aveva chiesto De Vincenzi.

«Be', *sciur commissari, a Milan i malnatt se ciamen ligéra*. Se si sta chiedendo perché li chiamiamo così, questi manigoldi, non ho un'unica risposta. Qualcuno pensa che se *ciamen insci* perché *van in gir semper biott* coperti soltanto da una *camisa*. Un po' perché è povera gente, e non può permettersi un cappotto, un po' perché *a Milan ciamen scamisaai* tutti quelli che sono ribelli, e fuori dalle regole. D'altra parte *ligéra* significa "leggeri", non solo nei vestiti ma anche nell'armentario. Devono essere leggeri per scappare in fretta, come lepri. Posso assicurarle che girano senza armi. Non ne hanno bisogno nei quartieri in cui vivono. Tutti li guardano con paura e rispetto al Bottonuto, sui Navigli, all'Isola o in porta Ticinese. Chi va a dire qualcosa a tipi come il Moffa, il Pinza o il Gabrielun? Quando la gente li incontra per strada si toglie il cappello. Qualcuno abbassa persino lo sguardo. Di solito non li denunciano. Anzi, li rispettano, li considerano artisti più che ladri. E noi poliziotti, se li avviciniamo, dobbiamo avere un po' di cautela. La *ligéra*, caro De Vincenzi, ha le sue zone, i suoi rioni, e anche i suoi specialisti. C'è chi si dedica ai furti con destrezza al mercato e rifornisce le osterie, chi sfila portafogli dai cappotti dei passanti, chi forza i cancelli e le porte delle case dei ricchi, chi è specializzato nello sgraffignare biciclette da rivendere per strada, chi contrabbanda con i barconi sul Naviglio. Per ognuno di loro c'è un nome e una specialità. Il *balordista* spaccia monete false, il *bidonista* è specializzato in truffe e il *balaustrista* nell'entrare dalle finestre. Il *drogante* chiede la carità fingendosi cieco o zoppo. *El sgarù* è il borsaiolo professionista, *el rocchettee* è abituato a vendere *i donn* sulla strada e *in cà*. E per ognuno di loro c'è un posto al Due di piazza Filangieri. Una volta la città era molto più tollerante nei confronti di certi *malnatt*. Ma da quando a capo della polizia c'è Arturo Bocchini la situazione è cambiata per la *ligéra*. Le retate sono frequenti. Il regime non tollera il crimine. E fare il lavoro sporco tocca a noi *pulè*: agli uomini della questura.»

«E quindi come dovrei comportarmi oggi in corso San Gottardo con questi signori della *ligéra*?»

«Ah, veda lei, dottore. La soffiata è del suo amico materassaio... segua però il mio consiglio: la pistola la lasci in ufficio, non ci servirà.»

Così De Vincenzi aveva chiuso l'arma nel cassetto della scrivania portandosi dietro la chiave.

Lui, Bruni e altri cinque uomini uscirono dalla questura di piazza San Fedele in silenzio e si avviarono alla fermata del tranvai che li avrebbe portati a porta Ticinese. Quando raggiunsero la casa di ringhiera di corso San Gottardo segnalata dal Massaro, il commissario venne colpito subito da un odore intenso. Il materassaio che viveva e lavorava vicino a casa di De Vincenzi era stato preciso nel descrivere l'abitazione: si trovava proprio nel centro di quello che i milanesi avevano battezzato come *El borgh di formagiatt*. Il borgo dei formaggiai. E *la spuza de formàcc* si percepiva eccome, visto che in quei luoghi avevano sede le casere che rifornivano tutta la città.

Quel quartiere aveva una strana origine. Per molto tempo durante la dominazione austriaca era vietato ammassare e conservare formaggi all'interno delle mura. Ogni merce che entrava a Milano era soggetta a dazio e non poteva varcare le Mura spagnole se non si era pagata una tassa speciale. Così i produttori di latticini delle cascine del lodigiano, del piacentino e del parmense avevano cercato di ovviare alla situazione creando delle vere e proprie casere nella zona di Corsico e Buccinasco. In questi speciali magazzini gli alimenti venivano custoditi, portati a stagionatura e trasportati nei mercati rionali meneghini. Quando si era compiuta l'Unità d'Italia i dazi erano stati aboliti e i latticini (che per un certo periodo erano stati persino contrabbandati grazie alla complicità dei barcaioli dei Navigli) avevano ricominciato a circolare liberamente. A partire dal 1880 il quartiere intorno a corso San Gottardo era divenuto un enorme magazzino diviso in varie casere dove si stagionavano i formaggi provenienti dalla bassa lombarda. Più di duecentomila forme stavano stivate nelle cantine site in quei luoghi. I milanesi avevano sempre avuto un debole per i *formàcc*: dal *panerun* al *gorgonzola*, dalla *casera* al *grana*, dalla *carsenza* al *quartirolo*.

Il commissario era ghiotto di Belmatt che l'Antonietta si procurava in una drogheria del Sempione. Un formaggio che arrivava dalla Val Formazza, confinante con la Val d'Ossola in cui ancora abitava sua madre. La tradizione della famiglia De Vincenzi prevedeva che i formaggi in tavola venissero consumati soprattutto durante la cena di Capodanno, accompagnati dalla mostarda di mele che proveniva da Mantova e dalle ciliegie senapate di Cremona.

A Milano Carlo De Vincenzi aveva imparato anche a mangiare il formaggio con i vermi. Una volta aveva provato a proporlo a Bruni che lo aveva guardato con una faccia schifata. Quel giorno però i vermi sulle cui tracce si erano messi i due poliziotti erano di ben altra pasta.

Un *briciul*

La casa di corso San Gottardo in cui erano entrati i *pulè* aveva un ampio e lungo cortile fiorito che sovrastava le cantine dov'erano stivati i *formàcc*. L'edificio era composto da un sistema di corti passanti collegati fra loro dalle tipiche *linghere*, i lunghi ballatoi che davano accesso agli alloggi. In fondo alle ringhiere dei tre piani si trovavano i bagni comuni e nel mezzo della corte c'era un pozzo. De Vincenzi non si immaginava che così tanta gente potesse vivere in un unico luogo e rimase colpito dalla varia umanità che lo abitava. Dai panni di diverse fogge e misure stesi ad asciugare dedusse che lì dovevano abitare molte famiglie. Un uomo al centro del cortile stava *sgrattando* in superficie la crosta di una forma di formaggio. Un ragazzino accanto a lui si preoccupava che neanche una briciola cascasse per terra.

«La stanno pulendo per evitare che fermenti. Qui ci sono forme che arrivano a stagionare anche più di tre mesi e bisogna evitare che prendano troppa muffa o che l'umidità le rovini.»

«Che peccato però sbucciare così tutto quel formaggio.»

«Non si preoccupi, commissario. Non si butta via nulla. Le scaglie della crosta che raccoglie il ragazzo vengono portate direttamente alle Dame di San Vincenzo e finiscono nella minestra distribuita ai poveri del quartiere. Qui non si spreca neanche una briciola.»

Ed era proprio una briciola ma non di formaggio né di pane che aveva portato fin lì, in corso San Gottardo, gli agenti della questura di piazza San Fedele. Una briciola di valore inestimabile.

Briciul infatti era il nome con cui la *ligéra* chiamava i piccoli gioielli che venivano sgraffignati: anelli di diamanti e zaffiri sfoggiati dalle donne della nobiltà meneghina. Oggetti che non passavano mai inosservati e che in caso di sottrazione indebita potevano essere smerciati dai ricettatori. La marchesa Ottoni aveva visto il *briciul* per l'ultima volta nel primo scaffale della cassaforte nella sua casa di via Vincenzo Monti. Di notte, mentre la servitù e la marchesa dormivano, qualcuno aveva pensato bene di *far carbona* nell'appartamento. Ovvero aveva praticato un furto con scasso e rubato il prezioso anello. Non erano in tanti quelli che a Milano potevano attuare un piano del genere e così il commissario De Vincenzi aveva messo in giro la voce nel suo quartiere, al Sempione, promettendo una ricompensa a chi gli avesse fornito notizie sul *briciul* della Ottoni. Puntuale si era presentato davanti a casa sua Giovanni Massaro, di professione materassaio che condivideva con il poliziotto una grande passione per la *cassoeula*. E proprio davanti a un bel piatto di quella portata gli aveva raccontato cosa aveva sentito dire dalle parti di Villa Pizzone.

Un giovane si era accomodato per alcune ore in un'osteria della zona scolandosi una decina di bottiglie e offendo da bere a tutti. Si era vantato di aver fatto fortuna grazie a un colpo da maestro condiviso con alcuni amici che vivevano a porta Ticinese. Il commissario non aveva avuto problemi a rintracciare l'incauto scialacquatore dalle mani letteralmente bucate. Messo alle strette, aveva confessato che era stata la sua fidanzata, l'Enrichetta, a raccontargli del prezioso anello. L'aveva notato al dito della marchesa Ottoni durante una cena al Savini. La ragazza svolgeva il servizio cucina del prestigioso ristorante in Galleria Vittorio Emanuele II e si occupava di allestire i tavoli per gli ospiti con profumate tovaglie che lei stessa portava a lavare ogni giorno. Mentre stava sistemando gli ultimi tovaglioli e si apprestava a disporre posate e bicchieri aveva visto entrare nel locale la nobildonna preceduta dal suo cagnolino al guinzaglio. Sulla mano della marchesa riluceva un *briciul* di zaffiro da mozzare il fiato. L'Enrichetta ne aveva parlato con il fidanzato che ci aveva messo poco a rintracciare l'indirizzo della Ottoni e a pianificare nei minimi dettagli il furto assieme ai soci.

Nessuno di loro si sarebbe mai immaginato di trovarsi alle calcagna due segugi come Bruni e De Vincenzi.

«E adesso, commissario, che facciamo?»

«So che il fidanzato dell'Enrichetta, Maffei, ha affidato l'anello a qualcuno che vive in questa casa di ringhiera, perché lo nascondesse in attesa di un buon compratore. Suggerisco di perquisire appartamenti, cantine e anche la latrina del cortile.»

«La latrina?»

«Sì, anche quella, Bruni.»

Mentre il sottoposto dava ordini agli altri agenti, De Vincenzi notò che la mano del ragazzo intento a raccogliere le scaglie di formaggio si muoveva in maniera nervosa. Il giovane teneva gli occhi bassi per evitare di incrociare lo sguardo dei poliziotti.

Il commissario si avvicinò.

L'uomo che stava grattando la forma aveva la barba lunga e mani grosse, e continuava a raspare con energia.

«Sente che profumo, commissario? Teniamo in cantina i migliori formaggi della città.»

«Ne sono certo. Ma mi risulta che qui custodiate anche altro.»

«Che sta insinuando?»

«So che in mezzo ai formaggi gira anche altra merce.»

«Non capisco di che parla.»

«Di quello che si può rubare e nascondere nelle casere.»

«Noi siamo povera gente, commissario. Viviamo solo di onesta fatica e sgobbiamo per sfamare le bocche dei nostri figlioli.»

«Non ne dubito, ma c'è qualcuno tra voi che ha già avuto più di un problema con la legge.»

«La fame spinge a commettere brutte azioni. E non è colpa di nessuno.»

«Certo, certo...» Per un po' il poliziotto rimase in silenzio a osservare il ragazzo e l'uomo.

Quando i due finirono il lavoro di pulizia, il tipo barbuto fece rotolare a terra la forma accompagnandola fino a una carriola di legno, dove la depose. Quindi indicò al ragazzo in quale cantina depositarla.

Per alcune ore i poliziotti perquisirono quella casa di ringhiera in corso San Gottardo e in mezzo ai formaggi trovarono le cose più disparate: pistole, arnesi da scasso, biciclette nuove, cucchiai, forchette e coltelli d'argento avvolti in stracci. Tutto quello che uscì dalle casere sembrava provenire da colpi effettuati in città. Ma fra gli oggetti rinvenuti non c'era nessuna traccia dello zaffiro della marchesa.

«Non è che la soffiata era sbagliata, commissario?»

«No, Bruni. Il *briciul* è qui.» De Vincenzi tornò ad avvicinarsi all'uomo e al ragazzo che nel frattempo avevano ripulito una decina di forme.

«Una quanto costa?» domandò il poliziotto.

«Dipende dal formaggio e dalla stagionatura.»

«Avete anche il Belmatt?»

«Io no, commissario. Se vuole, però, posso chiedere a mio cugino.»

«E se vi chiedessi invece che un *tocchel de formàcc* un *briciul*?»

«Ma con un *briciul de formàcc ghe fa nagòtt*. Non riesce neanche a sentirne il sapore, *commissari*.»

«Allora diciamo che io sto cercando un *briciul* dal sapore unico e dal colore brillante.»

«Non capisco.»

«Mettiamola così: se quel *briciul* non salta fuori subito qualcuno di voi potrebbe finire al Due.»

Il formaggiaio fissò De Vincenzi dritto negli occhi. «Perché pensa che lo abbiamo noi?»

«Credo che potrebbe essere perfino in una di quelle forme che avete pulito davanti a me. È un gioco da ragazzi inserire un piccolo oggetto nella pancia di quei formaggi.»

L'altro continuava a guardare il poliziotto con calma, mentre il giovane era diventato pallido.

«Ragazzo, lo sai che in questo periodo per complicità in furto non ci andiamo leggeri in piazza San Fedele?» lo incalzò De Vincenzi.

L'uomo barbuto ora stava stringendo la raspa con rabbia.

«Ma potrebbe anche succedere che non ci sia bisogno di ricorrere alla legge» mormorò il commissario, quasi distratto. «Noi siamo venuti perché qui si trovano i migliori formaggi della città.»

«E tenendo conto che il commissario è particolarmente ghiotto di Belmatt...» s'inserì Bruni, «magari vuole solo comprare una forma del suo formaggio preferito.»

«E sarei anche disposto a pagare una cifra adeguata.»

«Ovvero?» domandò il barbuto.

«Potrei non aver mai visto la refurtiva che i miei colleghi hanno recuperato.»

«Pà, che facciamo?» domandò il giovane rivolgendosi all'uomo.

«Intanto tu stai zitto.»

«Lo lasci parlare, forse il ragazzo sa dove rimediare una bella forma stagionata di Belmatt.»

«Commissario, lei non provi neanche a...»

«Non sto provando proprio niente... O il *briciul* della marchesa Ottoni salta fuori o voi per mesi al posto di questo odore sentirete quello delle fogne delle patrie galere.»

Il ragazzo iniziò a piangere.

L'uomo gettò a terra la raspa con stizza e ringhiò: «Non dargli soddisfazione a queste carogne, Matteo».

«Non capisco perché non possiamo risolvere la situazione in modo civile» replicò il commissario. «Queste sono venti lire e se voi avete il Belmatt che sto cercando, sarò ben contento di pagarvelo.» De Vincenzi teneva nel palmo della mano quattro monete da cinque lire. La gente le aveva soprannominate Aquilotti perché su uno dei due lati era incisa un'aquila sopra un fascio littorio. Sul retro era rappresentato il volto di Vittorio Emanuele III che sembrava sorridere sotto i baffi.

Il barbuto lanciò un'occhiata di sfida a De Vincenzi. Poi si rivolse a Matteo: «Scendi in cantina e recupera la forma».

«La prima che stavate pulendo stamattina quando siamo entrati in cortile, Matteo. Mi raccomando non confonderti» precisò il commissario.

Il ragazzo si allontanò. Poco dopo riapparve con la forma deposta su una carriola di legno.

«E adesso?» chiese Bruni a De Vincenzi.

«Adesso chiedi a Peppone di mettersi in spalla il Belmatt e gli raccomandi di portarlo direttamente in questura.»

«Ma che diremo ai colleghi quando ci vedranno con quel formaggio?»

«Racconteremo che abbiamo rinvenuto l'anello durante una perquisizione nel borgo dei *formagiatt*, ma che purtroppo non siamo riusciti a risalire agli autori del furto.»

I poliziotti che si trovavano nel cortile della casa di ringhiera guardarono perplessi il superiore.

«E tu, Matteo, metti in tasca queste venti lire, dai.»

De Vincenzi si trovò a pensare che forse sarebbe stato meglio dare una bella pulita al *briciul* prima di riconsegnarlo alla legittima proprietaria, per cancellare l'intenso odore di cui era impregnato.

Un chitarrista sorridente

La marchesa Ottoni aveva voluto ringraziare di persona il commissario De Vincenzi per aver recuperato l'anello. Così gli aveva donato un regalo speciale: due biglietti per l'esibizione del chitarrista spagnolo Andrés Segovia Torres presso il circolo del Convegno. De Vincenzi aveva assistito al concerto accompagnato da Antonietta rimanendo colpito dall'innovativa tecnica dell'ispanico e sbalordito dalla sua capacità di interpretare dal vivo il repertorio di autori come Sor, Turina, Bach, Grieg, Albéniz. Non era quella la prima esibizione del giovane virtuoso in Italia come aveva scoperto il commissario dalla lettura del "Corriere della Sera": "Il chitarrista Andrea Segovia già simpaticamente noto a Milano per aver suonato al nostro 'Quartetto' si è presentato ieri sera per la seconda volta col suo istrumento, veramente raro nelle sale di concerto, guadagnandosi un nuovo schietto successo dal pubblico che affollava le sale del Convegno. Anche nel programma di ieri, composto in gran parte di musiche spagnole, il Segovia ha trovato il modo di affermare brillantemente le sue doti, cioè la perfetta conoscenza di tutte le risorse della tecnica chitarristica, la chiarezza dell'esecuzione dei passi polifonici, la varietà dei coloriti e la intensa vibrazione del suono. Particolarmente apprezzate furono le composizioni di Turina, Granados, Albéniz e degli altri autori spagnoli moderni, che permisero al Segovia di ricavare dal suo istrumento piacevoli ed originali effetti".

Il commissario non poteva che sottoscrivere una recensione del genere. Il tour che il musicista stava tenendo in giro per il mondo era davvero impressionante. Pochi artisti potevano permettersi di girare il mondo suonando la chitarra. Ma la tecnica del maestro spagnolo, come ebbe a scoprire De Vincenzi, era incredibile. Un suo concerto aveva la capacità di lasciare a bocca aperta gli spettatori. E Segovia confessò al poliziotto che, dopo l'Europa, la chitarra lo avrebbe accompagnato negli Stati Uniti dove era atteso alla Town Hall di New York.

De Vincenzi aveva avuto l'opportunità di chiacchierare in privato con il musicista, il giorno dopo il concerto. La marchesa lo aveva invitato a partecipare a una merenda speciale organizzata dalla famiglia Pavanello per festeggiare l'artista e i suoi estimatori milanesi. L'incontro, fissato per il pomeriggio, aveva avuto luogo in una bellissima abitazione ubicata in piazzale Giulio Cesare. A un certo punto il maestro si era sentito un po' assediato ed era uscito sul balcone. Qui si era trovato davanti al commissario De Vincenzi perso a osservare la Fontana delle Quattro Stagioni che spiccava proprio al centro del piazzale.

«Sembra di essere a Versailles, non crede?» mormorò il musicista.

«Sono alcuni minuti che fisso la fontana da quassù e stavo pensando la stessa cosa, maestro.»

«Conosce l'artista che l'ha realizzata?»

«Credo si chiami Renzo Gerla, ma non l'ho mai incontrato. E comunque non è lì da tanto, da un anno circa. Mi ricordo che c'è voluto un po' per recuperare la pietra di Sarnico con cui è stata costruita. Le statue che vede si ispirano allo stile vicentino del Settecento.»

«Curioso aver scelto pigne e obelischi come elementi decorativi.»

«Quelli della Fiera vanno orgogliosi di com'è venuta. E lei si immagini quanta gente ci sarà qui fra qualche giorno per la grande inaugurazione della Campionaria.»

«Sarà un evento speciale.»

«Ci sarà anche Vittorio Emanuele III.»

«E lei dovrà occuparsi della sicurezza?»

«No, per una volta sarò solo spettatore dell'evento.»

«Capisco.»

«Maestro, se le piace l'arte le consiglierei di visitare anche villa Romeo-Faccanoni laggiù all'angolo di via Buonarroti.»

«Quella che chiamate la *Cà di ciapp*» commentò Segovia sorridendo.

«Esatto. Ma com'è che conosce quel buffo soprannome? L'ingegner Nicola Romeo, il proprietario, preferisce che si parli della velocità delle sue macchine piuttosto che delle grazie delle statue che adornano la casa in cui vive.»

«L'altro giorno stavo andando a prendere il tram per raggiungere il circolo del Convegno, sono passato lì davanti e ho sentito due signore commentare le sconcezze di certe sculture presenti nella villa. Io in realtà sono rimasto colpito dalla cancellata in ferro battuto.»

«All'epoca in cui vennero scolpite, tutta Milano ne rideva.»

«Be', ma la cultura del nudo è parte dell'arte classica, no?»

«Sì, ma fa sorridere i milanesi e arrabbiare i benpensanti.»

«Di scandali ne so qualcosa anch'io, molti hanno considerato eretico il mio approccio alla musica. Qualcuno ha persino sostenuto che sia licenzioso, quasi osceno.»

«Che dice, maestro? Lei suona in maniera sublime.»

«Ma non sono esattamente consono alle norme classiche.»

«Lei è unico al mondo come le statue del Partenone di Atene.»

«Ammetto che è solo il suono a interessarmi. Sono un mero esecutore al suo servizio.»

«Quindi non aspira al successo?»

«Nient'affatto. L'artista non deve mai innamorarsi di se stesso. In fondo rimane un uomo. Ha solo un dono meraviglioso ma proprio per questo deve rimanere vicino agli altri.» Gli occhi di Segovia si illuminarono e un altro sorriso si stampò sul suo viso. «Mi è venuta un'idea degna di questo luogo meraviglioso.»

De Vincenzi rimase ad ascoltarlo in silenzio.

«Mi segua, commissario.» L'artista spagnolo rientrò nel salone di casa Pavanello affollato di invitati.

La Ottoni gli andò incontro. «Pensavamo di averla persa, maestro.»

«Tutt'altro, marchesa. Stavo conversando sul balcone con il commissario.»

«Ah, sono contenta che siate diventati amici.»

I due si scambiarono un cenno d'intesa. Poi Scgovia chiese a De Vincenzi di seguirlo. Entrarono nella camera da letto del musicista dove si trovava la sua chitarra. Il maestro la prese. «Lei dovrebbe in qualche modo creare un piccolo diversivo, caro De Vincenzi.»

«In che senso?»

«Distragga gli ospiti, giusto il tempo che io raggiunga la porta.»

«Ho capito.» Il poliziotto rientrò nel salone. «Signori, ho bisogno della vostra attenzione e del vostro silenzio...» scandì a voce alta battendo le mani.

Intanto il musicista riuscì a sgattaiolare fuori dell'appartamento. Dieci minuti dopo anche De Vincenzi uscì dalla casa e raggiunse Segovia davanti alla Fontana delle Quattro Stagioni.

«Lo sente, commissario, come suona bene l'acqua. Gli zampilli sembrano accordati fra di loro come violini, uno richiama l'altro.»

«Ha ragione, maestro.»

«Ho sempre immaginato il pianoforte come un mostro che strilla quando gli sfiori i denti, mentre la chitarra è una piccola orchestra. Ogni corda è un colore differente, una voce diversa.»

«E questi zampilli sono i violini che ora l'accompagneranno.»

«Certo. E devo confessarle che mi guideranno nell'esecuzione. Ogni chitarrista ha un suono speciale. I migliori hanno un buon orecchio, molta sensibilità e una perfetta conoscenza della musica per prepararne le sfumature. Io chiederò aiuto agli zampilli della fontana per inseguire il mio suono.»

E quando Segovia sfiorò le corde della chitarra quel suono si diffuse nella piazza.

Il Capitano Nero

Capitava talvolta che il commissario De Vincenzi si occupasse anche di casi non di sua competenza. Lo faceva da lontano, dando qualche suggerimento. Fu per caso che si imbatté nel Capitano Nero e nelle sue imprese. Tutto successe mentre stava leggendo le pagine pomeridiane del "Corriere della Sera".

Il suo occhio cadde su un articolo davvero curioso.

"Il Capitano Nero. Un colpo ladresco inesplicabile" titolava il giornale. E quello che veniva raccontato con piglio avventuroso ai lettori era un evento a dir poco strambo: "Una singolare audacissima impresa ladresca, che per il modo con cui è stata compiuta lascia perplessi gli stessi funzionari di polizia, è stata denunziata dal commendator ragionier Luigi Battinelli, uno dei direttori centrali della Banca Commerciale".

L'uomo che viveva con la moglie, la figlia e il figlio in un vasto ed elegante appartamento al piano nobile di uno stabile in piazza Duse 4, nella zona di porta Venezia, aveva subito un furto bizzarro. Una rapina notturna compiuta mentre il figlio del ragioniere, Ezio, domiciliato presso i genitori, riposava nella sua camera. A una decina di metri dal suolo le finestre affacciavano sulla solitaria via Pietro Cossa. Sabato notte il giovanotto era rientrato molto tardi e a causa della stanchezza si era addormentato subito. Alcuni rumori sospetti lo avevano risvegliato e così il giornale ripercorreva la vicenda: "Ezio ebbe l'impressione che un'ombra passasse leggera vicino al suo letto, dileguandosi subito nell'oscurità, premette il bottone della luce elettrica, ma nessuna lampadina si accese. Poiché i rumori erano cessati e il suo sguardo per quanto frugasse nel buio nulla scorgeva, Ezio Battinelli si voltò da un lato e si riaddormentò. Una sgradevole sorpresa attendeva per altro il giovanotto al mattino. Appena alzatosi. La sua attenzione fu attirata da un biglietto da visita appoggiato sopra la sedia sulla cui spalliera egli aveva disteso, coricandosi, i pantaloni. Era il biglietto da visita di un amico che egli teneva nel portafogli e sul quale, nella notte una mano sconosciuta aveva scritto queste parole: 'Capitano Nero ti ringrazia e tu ringrazia Dio per la pelle'. Seguiva la firma: Il Capitano Nero!"

Il giovanotto aveva frugato nelle tasche dei pantaloni e aveva scoperto che mancavano millecinquecento lire oltre al suo passaporto. Il misterioso ladro gli aveva anche rubato una penna stilografica dalla giacca e l'aveva utilizzata per firmare il suo crimine.

Il caso del Capitano Nero aveva subito catturato l'attenzione del commissario. Chi poteva aver mai compiuto una simile impresa rischiando di essere scoperto sul fatto dagli abitanti dell'appartamento? Chi poteva essere così coraggioso o sventato? Perché aveva deciso di rapinare proprio Ezio e non i genitori che probabilmente tenevano da parte un gruzzolo molto più consistente?

Era probabile che fosse penetrato in casa dalla finestra della camera e che avesse scalato la parete del palazzo sfruttando le numerose sporgenze decorative, come sosteneva il commissario De Troia che si era occupato del caso. Oltre che ladro doveva essere un esperto acrobata per permettersi un'azione del genere. Assomigliava davvero alla trama di uno di quei polizieschi alla Fantômas che tanto andavano per la maggiore.

De Vincenzi ne aveva visto uno giusto qualche settimana prima al cinema Aurora di via Paolo Sarpi. Il brivido per il furto, il piacere del delitto per il delitto sembrava aver ispirato quel crimine. Nonostante il fermo di due sospetti, la polizia brancolava nel buio. De Vincenzi però era certo che il Capitano Nero sarebbe tornato a colpire. E così puntualmente accadde qualche settimana dopo.

Scuola di ladri

"Una serie di gesta ladresche che ha avuto per obiettivo appartamenti e botteghe rinnova la dimostrazione che mentre da parte degli inquilini occorre una accortezza e una prudenza adeguata alla eccezionale audacia di cui si valgono i malandrini. È altresì necessaria una solerte vigilanza in quel mondo di malfattori, noto alla polizia, in cui si organizzano e persino si finanziano siffatti colpi." Il reportage del "Corriere della Sera" era preciso e dettagliato. La malavita a Milano sembrava avere cambiato obiettivi e sembrava più che mai presente sul territorio. Il giornale riportava un quadro allarmante e preciso dei furti in città e De Vincenzi aveva sorriso pensando a quello che gli aveva raccontato qualche tempo prima il medico legale.

Il dottor Antonio Dellanoce era infatti a disposizione anche per le emergenze dei vivi e non solo per le esigenze dei morti.

Una sera era stato convocato mentre svolgeva un'autopsia all'obitorio. Un ragazzotto gli aveva chiesto di seguirlo per assistere una persona malata che solo lui avrebbe potuto curare. Ad aspettarli fuori c'era uno di quei carri che il medico era solito vedere in giro al Verziere. Avevano fatto accomodare il dottore fra le casse di verdura destinate al mercato. Quindi lo avevano scortato sino all'inizio del quartiere del Bottonuto, dove per ragioni di sicurezza personale il Dellanoce era stato opportunamente bendato e condotto a piedi per alcune vie. Avevano girato varie volte in tondo, finché il medico non aveva smarrito il senso dell'orientamento. Quindi si era ritrovato all'interno di una casa dove, dopo avergli tolto la benda, era stato condotto lungo un corridoio fino a un piccolo salotto. Su un divano con una fasciatura improvvisata stava seduto il Pinza. Sopra a un tavolino spiccava un bottiglione il cui profumo alcolico si spandeva nell'ambiente. «Mentre l'aspettavo mi sono fatto un goccetto, dottore. Giusto per ammazzare un po' il fastidio della ferita.»

«Lo sai, Pinza, che è peggio berci su, vero?» aveva risposto il medico.

Il malfattore era scoppiato in una risata sguaiata e rauca. Da tempo era noto alla questura per la sua attività di borseggiatore e svaligiatore di case. Non se l'era mai cantata davvero, ma alla bisogna aveva passato più di un'informazione a Dellanoce. Gli stava simpatico. L'energumeno aveva avuto un alterco di strada in zona

San Satiro con un altro manigoldo e nella rissa che ne era scaturita il Pinza aveva ricevuto una serie di coltellate all'addome. Un altro al posto suo ci sarebbe rimasto secco. Lui invece era riuscito ad atterrare prima e a sotterrare poi il suo avversario.

Il dottore aveva dovuto medicarlo. Quando gli aveva consigliato un ricovero in ospedale, il *malnatt* aveva tagliato corto: «Sì stiamo freschi, *dutur. Mi resti chì bel tranquil e la rogna la passerà in de per lee*».

Mentre veniva accompagnato verso l'uscita, Dellanoce aveva notato uno strano sistema di cavi, luci, e campanelli collegato con un manichino. Al buio, quand'era entrato non si era accorto di nulla. Il manichino era agghindato con tanto di cappello da signora e cappotto. Da una tasca emergeva un portafoglio.

Il Pinza che si era alzato dal divano e aveva accompagnato il suo ospite sino alla porta aveva colto l'interesse del medico per quel marchingegno.

«Serve ai ragazzi, *dutur*. Per esercitarsi. Quando estraggono il portafoglio se si accendono le luci o suonano i campanelli significa che non sono stati abbastanza lesti. È una sorta di palestra dove allenarsi prima di scendere in piazza Duomo e al Verziere a lavorare. Potrei mostrarle anche la stanza della cassaforte dove c'è chi si ingegna a trovare la combinazione per aprirla, ma so che è stanco, *dutur*. E non vede l'ora di andare a letto. D'altra parte lei è un uomo di mondo. Non ricorderà nulla di tutto questo, perché non ha visto nulla. Ci siamo capiti.»

Il Dellanoce aveva piegato la testa in un gesto d'assenso e lasciato che il ragazzotto lo riaccompagnasse fuori da Bottonuto dopo averlo bendato di nuovo. Le regole della *ligéra* erano quelle e andavano rispettate, nel bene e nel male. Questo era capitato al medico e questo aveva raccontato al commissario.

Una gomma rubata e un giaccone giallo

Uno che delle regole della *ligéra* sembrava proprio fregarsene imitando Fantômas era il Capitano Nero che non solo aveva compiuto una serie di audaci colpi, ma si era anche permesso di sfidare la polizia con un biglietto recapitato all'attenzione del dottor De Troia presso l'Istituto di Polizia di Milano.

"Egregio commissario, non fate arrestare individui innocenti; non sprecate inutilmente le forze della polizia. Sono il capo dei trenta, sentirete ancora parlare di me. Saluti dal Capitano Nero" recitava il messaggio. Una vera e propria provocazione alle forze dell'ordine a cui si aggiungeva lo sberleffo che compariva sul retro del biglietto: "Salutate il commendatore Battinelli e ringraziatelo nuovamente. Mi sono trattenuto per un'ora intera nel suo appartamento".

Il commissario De Vincenzi leggendo quelle parole di sfida riportate sulle pagine milanesi del "Corriere" aveva sorriso ancora una volta. Poi aveva deposto il giornale sul tavolo, preso il telefono e composto un numero. «Bruni, puoi venire un attimo qui da me? Grazie.»

Passarono pochi minuti e il poliziotto bussò all'ufficio di De Vincenzi.

«Avanti.»

«Buon giorno, commissario.»

«Bruni, ieri mi hai raccontato di una strana denuncia al commissariato Monforte, giusto?»

«Sì, me ne ha parlato il Pirani mentre bevevamo un caffè.»

«E che ti ha raccontato?»

«Che venerdì sera un certo signor Pirola ha segnalato il furto di una gomma della sua auto lasciata da lui incustodita davanti a uno stabile in via Donizetti 19. La gomma è stata smontata e rubata.»

«Direi che è un danno da poco.»

«Sì, però secondo il proprietario è probabile che il ladro cercasse altro.»

«Ha notato qualcosa di insolito?»

«Sostiene di avere visto intorno alla macchina un giovane dall'aria sospetta, vestito con un giacchettone di cuoio giallo.»

«Un indumento parecchio vistoso...»

«Sì, un capo sportivo, credo che a Milano sia in vendita soltanto da Brigatti. È l'unico negozio della città capace di rifornire pattinatori, tennisti, pugili, giocatori di pelota, calciatori. Giusto l'altro giorno ho visto un paio di scarpe per il pallone che possono permettersi solo dei professionisti.»

«Gente come il Balilla?»

«E lei come lo conosce, commissario?»

«Be', fra le leggende che girano su di lui a San Vittore, i racconti delle sue partire sui giornali e i commenti dei seguaci dell'Ambrosiana, il buon Peppìn Meazza è uno che non passa inosservato a Milano.»

«Ha ragione, lui sì che è un vero campione.»

«Torniamo al furto della ruota. Cosa ti ha colpito dell'accaduto?»

«Che secondo il Pirola l'obiettivo del ladro non era la ruota, ma altro.»

«Pensi a un attentatore che intendeva piazzare una bomba?»

«Ne abbiamo avuti fin troppi di bombaroli in città negli ultimi tempi. Il Pirola ha dichiarato che l'individuo in qualche modo voleva essere notato. E ha anche rivolto una battuta ai nostri colleghi.»

«Quale?»

«Ci scommetto che è stato il Capitano Nero.»

«Già, il Capitano Nero quello che ha sfidato pubblicamente il commissario De Troia e si è preso gioco del commendatore Battinelli.»

«Proprio lui.»

«Se dovessi rintracciare il misterioso uomo con il giaccone giallo come ti muoveresti?»

«Mi basterebbe una telefonata, commissario.»

«Allora puoi farmi un piacere, Bruni? Chiama il negozio di Brigatti e chiedi se per caso hanno registrato i nomi dei clienti che hanno acquistato di recente un giaccone giallo come quello segnalato.»

«Vado subito, commissario. Ma lei crede che ci sia un legame fra il Capitano Nero e quell'uomo?»

«Potrebbero avere qualcosa in comune. È una semplice sensazione, però. Non saprei darti una spiegazione logica.»

«Ogni tanto, dottore, lei è strano. Ci chiede di indagare su fatti e persone che sembrano lontanissimi fra loro.»

«Hai presente Cassandra, quella che presagì la tragedia di Troia?»

«Quella che nessuno voleva ascoltare perché portava sfortuna...»

«Be', anch'io delle volte sento che in certi eventi c'è un dettaglio che non collima.»

«E ci prende sempre, dottore. Penso che lei la vede lunga e i nostri superiori talvolta non la capiscano. Sostengono che è strano. Secondo me, invece, segue un istinto speciale, riesce a fiutare il crimine e chi lo compie.»

«Insomma, sono un po' come un cane da caccia.»

«No, lei è un poeta. Un poeta del crimine e lo sa che i poeti vedono con altri occhi. Adesso telefonerò da Brigatti per identificare quell'uomo.»

«Bruni, poi...»

«Poi?»

«Portami un caffè dopo la chiamata.»

Solo un individuo risultò avere acquistato lo strambo capo d'abbigliamento. «Il commesso ha detto che soltanto uno strambo come quello poteva comprarsi un vestito così. Ecco il nome, commissario» commentò Bruni servendogli il caffè sul tavolo accompagnato da un bigliettino che recava il nome dell'uomo e il suo indirizzo di casa. «Cosa pensa di fare?»

«Telefonerò al mio amico Di Guglielmo.»

«Perché proprio a lui?»

«Credo che le indagini nella zona dove vive questo tizio siano di sua competenza.»

«Sono curioso di vedere dove vuole arrivare.»

«Intanto chiamiamo il cavaliere Di Guglielmo.»

Bruni assistette alla telefonata e ancora una volta si sorprese nel vedere in azione il poeta del crimine.

La biblioteca dell'uomo col cappuccio

Gli agenti mandati dal commissario Di Guglielmo in via Gallina 5 si erano trovati a interrogare un tal Giuseppe Fiori di anni diciannove, originario di Bolzano.

La telefonata di De Vincenzi era stata efficace e il collega aveva pensato al resto. Interrogato dagli agenti l'individuo aveva negato di essere responsabile del furto della gomma del Pirola, ma aveva ammesso di essere proprietario dello strano giaccone giallo acquistato da Brigatti. Messo alle strette aveva confessato di essere lui il Capitano Nero.

I poliziotti avevano così scoperto che il Fiori da alcuni mesi soggiornava nell'appartamento di via Gallina 5 dove lo avevano trovato. Una casa di quattro locali, arredata lussuosamente per la quale aveva stipulato un affitto annuale di oltre ottomila lire. Condivideva l'appartamento con lui una donnina di facili costumi che il Fiori sosteneva di avere conosciuto alle corse di automobili a Monza. La storia era incredibile.

Figlio di un ricchissimo industriale austriaco, proprietario di grandi cave di porfido, il Fiori aveva sempre amato gli sport e le esperienze forti, le scalate in alta montagna ma anche le lunghe escursioni in bicicletta. Sosteneva di essere venuto a Milano per imparare la lingua italiana. All'inizio la famiglia lo aveva finanziato con un assegno da quindicimila lire, poi con uno da diecimila. Esauriti in breve tempo i soldi, il giovane aveva deciso di recuperare contante in maniera veloce, intraprendendo la carriera di ladro gentiluomo. Aveva pensato persino di assumere una nuova identità. Per ottenerla aveva invitato a pranzo un mendicante incontrato in Galleria Vittorio Emanuele II. Mentre stavano mangiando il Fiori aveva chiesto all'indigente di vendergli sotto compenso di mille lire i suoi documenti. Il poveraccio aveva subito accettato e il ladro aveva iniziato a mettere in atto una serie di piani.

In casa sua erano state trovate molte armi e diverse munizioni che ne confermavano l'attitudine criminale. Il Fiori aveva dichiarato che la sera del furto ai danni del figlio del commendatore Battinelli tutto era scaturito dalla semplice visione di una finestra illuminata che dava su via Cossa.

Il ladro si era lasciato travolgere da un incontenibile spirito di avventura e, convinto di poter svaligiare di notte l'abitazione di una nobildonna, si era arrampicato sulla parete. L'idea di avere anche un'avventura romantica con una bella signora rientrava nei suoi progetti. Le cose però erano andate diversamente.

Quando si era accorto di essere penetrato nella stanza di un giovinotto e non di una gentil donzella si era vendicato alleggerendogli il portafoglio e siglando il furto con un testo emblematico che avrebbe reso leggendaria l'impresa.

Durante la perquisizione gli inquirenti avevano rinvenuto anche un cappuccio di seta nera, con le aperture per gli occhi, il naso e la bocca, simile a quelli usati in America dai membri del Ku Klux Klan e a quello rappresentato nelle storie romanzesche di Fantômas.

Il Fiori aveva ammesso di averlo usato durante le sue azioni notturne, per non essere riconosciuto. Un copricapo uguale era saltato fuori dalla fodera del berretto da ciclista che il ladro portava in testa al momento dell'arresto. Giuseppe Fiori venne rinchiuso in attesa di giudizio a San Vittore e il cavalier Di Guglielmo telefonò a De Vincenzi per ringraziarlo della felice intuizione. Bruni aveva ragione, il commissario era davvero un poeta del crimine, capace di cogliere ragioni e inquietudini degli uomini. Di Guglielmo gli chiese se voleva essere segnalato in qualche modo ai superiori e alla stampa.

Ma De Vincenzi lo pregò di mantenere il riserbo su ciò che era avvenuto e volle che gli onori venissero tributati pubblicamente ai funzionari del commissariato di corso Monforte che si erano distinti nell'operazione. «Avete trovato anche dei libri nella casa del Fiori?» domandò.

«Intende letture pericolose, sovversive?»

«No, romanzi.»

«In effetti, in casa del Fiori c'erano molti volumi di Emilio Salgari e qualcuno di Fantômas e Rocambole.»

«E magari anche qualche biglietto del cinema.»

«Sì, qualcuno. Perché me lo chiede, commissario?»

«Sospetto che il giovane abbia visto qualche film della Gaumont dedicato al nero criminale di Allain e Souvestre e sia rimasto suggestionato.»

«Lei è un cultore della materia?»

«Diciamo che il cinema e la letteratura, come il teatro e l'Opera, mi tengono compagnia nelle mie giornate solitarie. E passare ore alla Biblioteca Braidense, alla Scala, al cinema Aurora o al Roma mi permette di essere ancora più vicino al cuore di Milano.»

«Eh, beato lei, commissario, che può permettersi di assistere a certi spettacoli. Mia moglie appena ho un po' di tempo libero pretende che io stia a casa con i bambini.»

«Capisce perché non sono sposato?»

«Meglio per lei, De Vincenzi!»

«Di Guglielmo, potrebbe farmi un piacere?»

«Certo.»

«Visto che la casa del Fiori credo sia stata sequestrata in attesa del processo. Potrebbe compiere un innocente furto in quel luogo?»

«Come, come...»

«Niente di pericoloso né di compromettente.»

«E cioè?»

«Avrei bisogno di alcuni libri del Fiori. Giusto per darci un'occhiata.»

«Ah, ma allora non c'è problema. Tanto lo sa che il questore non le sopporta certe romanticherie poliziesche e avventurose. Dove vuole che glieli recapiti, i volumi. In San Fedele?»

«No, meglio di no. Consegnateli in via Massena. Se fossi fuori casa, lasciateli pure in deposito alla portinaia, la sciura Maria.»

«Sarà fatto, commissario. E ancora grazie di tutto!»

Dopo aver riattaccato, De Vincenzi si sgranchì le gambe e uscì dall'ufficio. La porta chiusa attutiva i rumori e gli impedì di udire, mentre percorreva il corridoio, il trillo del telefono. Dall'altra parte del filo il necroforo Armando Ballerini attese per un po'.

Strano che sia in giro a quest'ora, pensò riagganciando.

Armando si trovava all'obitorio dove era stato da poco portato il corpo dello scalpellino Enrico Fornara di anni cinquantotto.

Trovato agonizzante nel suo appartamento al primo piano di corso XXII Marzo 16, era deceduto durante il trasporto all'ospedale. I volontari della Croce Verde lo avevano trovato in una pozza di sangue con la gola squarciata. Nella stanza tutto era in ordine e vicino al cadavere era stato rinvenuto un rasoio che l'uomo era solito adoperare per rasarsi. Il commissariato Vittoria aveva escluso la possibilità di un delitto. All'Armando Ballerini era toccato occuparsi del funerale del povero Fornara. Quando lui e il Pierino Grassi si erano trovati a sistemare il corpo avevano notato qualcosa di strano. Perciò l'Armando aveva deciso di chiamare il commissario. Ma non trovandolo, decise che gliene avrebbe parlato appena gli fosse capitato di incrociarlo.

La sciura Maria

L'America, il povero Piero Rovati l'aveva vista solo per un mese.

All'inizio, quella era sembrata alla sua famiglia un'avventura fantastica. Il padre aveva pianificato ogni particolare: la vendita della piccola casa in corte a Gorgonzola, l'acquisto dei quattro biglietti per il viaggio, la preparazione dei bagagli di cartone, non troppo ingombranti, in cui avevano stivato tutto quello che potevano portare con sé. Qualche cambio di vestiti, qualche pentola, qualche foto di famiglia e un sacco di pane secco, una grande tolla di acciughe sotto sale e delle piccole forme di formaggio. Se ne produceva tanto dalle loro parti e persino a Milano impazzivano per i latticini del comune di Gorgonzola, situato proprio in fondo al Naviglio della Martesana.

I Rovati erano partiti in nave da Genova: papà, mamma e i due gemelli. Piero infatti aveva una sorellina che si chiamava Eleonora. All'epoca avevano entrambi sei anni e non avevano mai viaggiato per mare. Per Eleonora e per la madre fu la prima e ultima trasferta della vita.

Durante la navigazione si ammalarono entrambe di Spagnola. I loro corpi vennero gettati in acqua prima dell'arrivo a Ellis Island, New York City. Nessuno doveva sapere che c'era stata un'epidemia a bordo. Altrimenti il resto dei passeggeri sarebbe stato messo in quarantena, e non avrebbe avuto modo di sbarcare. C'erano emigrati che passavano mesi sull'isola in attesa dell'agognato sbarco. Così vicini alla meta, sognavano di toccare il suolo americano, ma continuavano a guardarlo dall'altra parte della banchina dell'isola di Ellis Island. Piero e il padre superarono tutti i controlli, quelli medici e anche quelli doganali. Ma durante la trafila qualcosa si inceppò. Non avevano nessuna richiesta ufficiale di lavoro che potesse giustificare l'ingresso a New York e nessuno garantì per loro. Così rimasero un mese intero sull'isola. Scaduto quel periodo poterono usufruire del biglietto di andata e ritorno acquistato a Genova per trascinarsi su un altro cargo della speranza che li avrebbe riportati in Italia. Qui non avevano più casa né lavoro, ma il padre di Piero che si era arrangiato per un po' come tappezziere e imbianchino riuscì a reinserirsi nella piccola comunità di Gorgonzola. Non potendo permettersi un alloggio, i Rovati dormirono per alcuni mesi in canonica, in una minuscola cantina messa a disposizione da don Aurelio.

Il piccolo Piero di notte sognava spesso la mamma e la sorellina. Le vedeva sul ponte del transatlantico mentre si avvicinavano al parapetto e si lanciavano in mare. Lui urlava di fermarsi e ogni volta si svegliava all'improvviso, madido di sudore, con ancora impressa quella terribile immagine. Nell'unica tasca dei logori pantaloni che indossava giorno e notte, in una piccola busta custodiva una foto che lo ritraeva insieme alla sorella il giorno della comunione. Lui aveva una faccia insofferente per il caldo, Eleonora invece appariva sorridente.

Anche se bambino, Piero aveva iniziato ad assistere il padre sul lavoro per quello che poteva. Preparava la carta, i pennelli, le tinte, spostava la scala. Insieme i due riuscirono a reinventarsi una vita semplice. Qualche anno più tardi mentre erano impegnati in un lavoro di tappezzeria, Pierino aveva conosciuto la Matilde Maria Ballerini. Era stato amore a prima vista. I due si incontravano spesso la sera sul Naviglio e passavano ore e ore a guardare l'acqua che scorreva e i pesci che l'attraversavano. Le rane gracidanti sembravano le regine del luogo.

Una volta cresciuti, avevano pensato di sposarsi e tutto era accaduto in fretta, compreso il fatto che la Matilde Maria era rimasta in attesa di un bambino. Un bimbo robusto che avevano chiamato Armando e che aveva uno sguardo furbo come pochi. Qualche tempo dopo era arrivata la Gianna. Il giorno del suo terzo compleanno i coniugi Rovati erano andati a ballare. Lasciati i piccoli dai vicini, si erano divertiti per tutta la sera sulle note di polke e mazurke che un'orchestrina suonava sotto un pergolato fresco. Era stato bellissimo. Piero aveva sudato come un matto e per questo aveva la camicia buona *masarata*. Dovendo prendere la strada del ritorno, Piero e la Matilde Maria recuperarono la bicicletta. Lui, affaticato dai balli e desideroso di rinfrescarsi, si bagnò a una fontana e si tolse la camicia. A petto nudo, tenendo la moglie in equilibrio sulla canna della bicicletta, raggiunse la casa di ringhiera dove vivevano, a Gorgonzola. Si sentiva felice e forte in quel momento.

Tre giorni dopo Piero Rovati morì per una polmonite. E la Matilde Maria Ballerini si trovò vedova e con due figli a carico. I primi mesi furono terribili. Poi l'arrivo di una telefonata da Milano cambiò per sempre l'esistenza sua e dei piccoli. Da allora la sciura Maria aveva avuto in carico la portineria di via Massena dove aveva cresciuto i figli e lavorato spaccandosi letteralmente la schiena per pulire scale, ringhiere e pavimenti. Il suo regno era al di là del vetro del locale portineria, dove era solita rammendare vestiti e cucinare, ma anche riordinare la posta del palazzo. I panni li sciacquava nel lavatoio in cortile.

Ogni tanto, durante le rare pause che il lavoro le concedeva, la sciura Maria infilava la mano nella tasca del grande grembiule che indossava tutto il giorno. Dentro a un piccolo portafoto trasparente c'era un'immagine ormai sbiadita. I piccoli Piero ed Eleonora con i vestiti della comunione.

Anche quel giorno il loro sguardo l'aveva rasserenata e, alzando gli occhi verso la grande pendola che spiccava nella sua casa-tinello-soggiorno-camera da letto-cucina, si accorse che mancava poco a mezzogiorno. Aveva ancora un po' di tempo. Controllò il pentolone, colmo di minestrone, che bolliva sulla stufa. Prese dalla madia uno straccio nel quale era avvolta una grossa pagnotta. Con un coltello tagliò alcune fette e le depose nelle ciotole sul tavolo al centro della stanza.

Com'era sua abitudine, il commissario De Vincenzi fu il primo ad arrivare. Seguirono nell'ordine il materassaio Giovanni Massaro, il Pierino Grassi, l'Armando Ballerini e sua sorella Gianna. La sciura Maria sorrise quando si furono seduti. A vederli così, uno accanto all'altro, avrebbero potuto sembrare tutti figli suoi.

La torta di *michelach*

I pranzi e le cene nella portineria di via Massena erano un appuntamento speciale per De Vincenzi. Aveva spiegato all'Antonietta di non offendersi se ogni tanto, invece di tornare a casa, si fermava a mangiare dalla sciura Maria. Le aveva detto che quelli per lui erano importanti momenti di lavoro e di incontro. Le indagini sui casi più complicati della sua carriera le aveva spesso risolte fra una chiacchiera e l'altra in mezzo a uno strambo uditorio che comprendeva portinaie, becchini, materassai e poliziotti.

Nelle pietanze della sciura Maria, cucinate con cura, per ore e ore sulla stufa, era racchiusa molta saggezza meneghina, ma anche un pizzico di quell'intuito poliziesco che tanto serviva al commissario. A quella tavola aveva assistito a discussioni accese, a dibattiti buffi, smozzicati fra un piatto e l'altro con i commensali che ragionavano a bocca piena. Talvolta aveva persino vissuto lunghi, incommensurabili silenzi che sembravano commentare la qualità dei cibi, ma soprattutto la scabrosità di certi delitti.

Il Pierino Grassi all'inizio aveva pensato che il commissario fosse un semplice scroccone che si approfittava della generosità di sua zia. Poi, col tempo, aveva scoperto che quegli incontri erano davvero speciali. La cucina della sciura Maria era semplice. Gli avanzi venivano mescolati e cucinati di nuovo in piatti che nessuno si sarebbe mai aspettato. Di avanzi era composto l'impasto per le polpette che la portinaia lasciava a macerare nel sugo per ore. Fra gli ingredienti, più della trita di carne (che era solito procurare lo stesso De Vincenzi) spiccavano il pane secco ammollato nel latte, l'aglio e il prezzemolo, tenuti insieme da un uovo. La passata di pomodoro e i piselli di stagione facevano il resto. Fra le ricette di recupero di casa Ballerini un posto speciale era riservato alla torta di *michelach*, a base di *micche* e *lach*, ovvero di pane e latte, a cui si aggiungevano cacao, uvette, pinoli e biscotti secchi.

La sciura Maria era solita rimediare dal fornaio i sacchi con quello che non era stato consumato in negozio e che non si poteva rivendere ai clienti. Sacchi pieni di pane secco, biscotti rotti e dolciumi bruciati o venuti male. Qui finivano *pan meini* sbriciolati e panettoni secchi che, ammollati nel latte e mescolati con il cacao, riprendevano vita nella torta di *michelach*, cucinata dalla sciura

Maria in una grossa teglia. Una volta pronto, il dolce veniva avvolto, ormai freddo, in uno straccio. La torta di *michelach* durava, perché poteva essere consumata anche dopo una settimana senza perdere la consistenza, la fragranza e il profumo che puntualmente inondava le scale del palazzo di via Massena. Dai Ballerini, però, durava poco se a pranzo si ritrovavano il De Vincenzi, l'Armando e il Pierino assieme al Massaro.

«In cucina come in polizia bisogna fare buon uso degli avanzi» sosteneva De Vincenzi. E la sua non era una battuta casuale visto che a lui toccavano spesso casi abbandonati, dimenticati, avanzati dai suoi superiori. Indagini che lui portava sempre a termine utilizzando quello di cui disponeva: l'intuito e i suoi uomini. Era bravo De Vincenzi a reimpastare gli indizi e a renderli risolutivi.

Il pranzo di quel giorno in portineria servì al commissario per ringraziare il Massaro della soffiata sul *briciul* della marchesa Ottoni e al Ballerini per chiarirsi le idee sulla morte del povero scalpellino Enrico Fornara.

«Ho visto il referto dell'autopsia del dottor Dellanoce e posso assicurarti che non è risultato nulla di strano, Armando. Quel poveretto si è ucciso tagliandosi la gola col rasoio.»

«Non mi sarei mai aspettato che compisse un gesto del genere.»

«Pare che i vicini lo avessero sentito più volte urlare da solo in casa preso dall'angoscia. Avevano udito spesso anche le sedie volare nelle sue stanze assieme a piatti e bicchieri. Non si può mai immaginare che succede nella testa di un uomo disperato.»

«Ha ragione, non si può.»

I commensali stavano quasi ultimando il minestrone preparato dalla Maria Ballerini. «Ha visto, commissario, che hanno catturato il Capitano Nero?» chiese la Gianna.

De Vincenzi sorrise.

«Non mi dica che anche lì c'è il suo zampino» insistette la sorella dell'Armando Ballerini.

«Be', diciamo che ho dato un piccolo aiutino ai colleghi del commissariato di corso Monforte.»

«Così come ha restituito l'anello rubato alla marchesa Ottoni.»

«Bisogna ringraziare il Giovanni per il fortunato ritrovamento, è stato lui a darmi l'imbeccata giusta.»

«Ma no, io non c'entro niente, *commissari*.»

«Niente, certo. Diciamo che hai ascoltato un uccellino cantare e sei venuto a raccontarmelo.»

«A proposito, commissario, grazie per il formaggio. Me l'ha recapitato stamattina Peppone, ma non doveva disturbarsi.»

«Una mezza forma di Belmatt, Maria, da mettere in tavola alla fine di un buon pasto. Perché, lo sai, *la bocca l'è minga stracca se la sa no de vacca*» commentò De Vincenzi.

«È stagionato al punto giusto» aggiunse la Maria Ballerini.

«E ha un sapore unico.»

«Adesso, ragazzi, ve ne affetto un po' e ve lo servo prima della torta» chiosò la portinaia.

«Allora siete pronti per andare a salutare il re in Fiera?» domandò De Vincenzi.

«Ma mi faccia il piacere, commissario, io e il Pierino domani siamo di turno all'obitorio, non avremo il tempo nemmeno di vedere la sfilata.»

«Sarà un evento spettacolare.»

«Non ne dubito» s'inserì la sciura Maria, «ma io me ne resterò qui in portineria.»

«Io invece ho promesso all'Antonietta di portarla a vedere la sfilata e i nuovi padiglioni della Fiera.»

«Credevo l'avessero messa nel servizio d'ordine» considerò la Gianna.

«No, questa volta saranno altri a gestire la sicurezza di piazzale Giulio Cesare. Il luogo sarà presidiato notte e giorno da poliziotti, alpini, carabinieri e militari.»

«Mamma mia... mi immagino che confusione.»

«Infatti, ho accettato l'invito della famiglia Pavanello di assistere alla sfilata dal loro balcone. Così l'Antonietta potrà godersela per intero risparmiandosi gli spintoni.»

«Sarà davvero una splendida giornata, commissario» aggiunse la sorella dell'Armando.

«E allora brindiamo tutti insieme al re e alla Fiera.»

«Viva l'Italia! Viva Vittorio Emanuele III!»

L'arrivo del re

"Il rito annuale dell'industria e del lavoro": così il fascismo aveva ribattezzato l'annuale Fiera che avrebbe avuto luogo a Milano il 12 aprile del 1928. L'evento costituiva ormai da otto anni uno degli appuntamenti più esclusivi organizzati in città. E l'inaugurazione della IX Fiera Campionaria Industriale ed Agricola Italiana era stata preparata in ogni minimo dettaglio perché coincideva con i festeggiamenti ufficiali per il decennale della vittoria dell'Italia nella Grande Guerra.

Perciò era stato deciso che la manifestazione dovesse essere celebrata alla presenza del re in persona. A lui sarebbe spettato il compito di presenziare all'evento in pompa magna. L'arrivo del monarca a Milano aveva richiesto l'organizzazione di un sistema di controlli davvero imponente. C'erano volute settimane per studiare ogni particolare del passaggio del corteo reale e c'erano volute settimane per fissare i turni di servizio di coloro che avrebbero permesso a Vittorio Emanuele III di attraversare la città in completa sicurezza. La questura aveva ricevuto direttive precise da Roma su come gestire la manifestazione e aveva cercato di attuarle al meglio. La paura che qualche vile attentatore, avverso al regime, cercasse di sabotare la festa era stata esorcizzata da un sistema di protezione che, come una rete, aveva ricoperto Milano di agenti in divisa e in borghese, di soldati, militari ma anche di volontari pronti a intervenire in caso di emergenza. D'altra parte, piazzale Giulio Cesare era molto ampio e aperto su più lati, e questo non lo rendeva un luogo facile da presidiare. Inoltre la città aveva dimostrato di essere poco sicura negli ultimi tempi.

Il 1 giugno del 1927 ignoti avevano cercato di far esplodere il monumento a Napoleone III al parco Sempione. Per fortuna non c'erano state vittime. La sequenza di attentati era proseguita in maniera impressionante. Il 6 aprile del 1928 una bomba era deflagrata sulla linea Milano-Rogoredo e il 9 dello stesso mese un altro ordigno era stato fatto brillare sulla linea Milano-Bologna per attentare probabilmente alla vita del duce. Ecco perché l'inaugurazione della IX Fiera Campionaria richiedeva un sistema di protezione registrato in ogni minimo particolare.

Il treno che trasportava Vittorio Emanuele III giunse in stazione in anticipo rispetto a quanto previsto. Il podestà Ernesto Belloni si era premurato di andare ad accogliere di persona il sovrano e aveva allestito la scorta che avrebbe dovuto accompagnarlo. In compagnia del ministro Altieri e del senatore Puricelli, che ricopriva il ruolo di presidente della Fiera, sua maestà aveva percorso in divisa militare i viali della Fiera Campionaria. Dopo aver visitato i piccoli padiglioni del fascio femminile e degli orfani di guerra, aveva sostato nelle zone dedicate all'agricoltura e all'industria indugiando con particolare attenzione in quelle riservate alla medicina e agli ospedali. Una troupe cinematografica aveva ripreso nel dettaglio gli spostamenti del re.

Una folla vociante intanto gremiva piazzale Giulio Cesare. Alcuni ragazzi con i monopattini sfrecciavano da una parte all'altra di quella che un tempo era stata ribattezzata la nuova piazza d'Armi, contraltare della vecchia piazza d'Armi ubicata al parco Sempione. La Fontana delle Quattro Stagioni era assediata da curiosi e turisti che non vedevano l'ora di scoprire quali meraviglie avrebbe proposto alla cittadinanza milanese la Fiera Campionaria di quell'anno. Ma nessuno ebbe il tempo di visitarla.

Un boato echeggiò all'improvviso, il terreno tremò e i presenti, terrorizzati, cominciarono a correre in tutte le direzioni. Un fumo denso si levò davanti al civico 18. Un odore acre di carne bruciata impregnò l'aria. E quando la nebbia grigia si diradò, i superstiti videro alcuni corpi per terra. Qualcuno piangeva, qualcuno urlava, qualcuno semplicemente giaceva in silenzio. Videro anche poliziotti e vigili del fuoco muoversi come formiche impazzite. La bomba aveva rotto ogni schema, cancellato in pochi secondi tutto quello che fino a poco prima sembrava ordinato con cura. Ma nessuno sapeva cosa fosse successo anche se la parola "bomba" risuonava nella mente di tutti. I morti raccolti sul terreno furono quattordici e decine i feriti vennero ricoverati d'urgenza in ospedale.

Ignaro di tutto, il re non interruppe l'inaugurazione. Nel frattempo in piazza San Fedele era scattato l'allarme. Bisognava muoversi subito. Nessuna risorsa di polizia andava sprecata in quei momenti. Il rischio che in città fossero stati piazzati altri ordigni era altissimo. E se si volevano rintracciare i colpevoli del vile attentato si doveva agire in fretta. In una sola giornata vennero effettuati quattrocento arresti e perquisiti più di una trentina di appartamenti. Si vociferò che i colpevoli andassero cercati in ambienti comunisti e anarchici.

Fra i testimoni che vennero interrogati per i fatti accaduti c'era anche il commissario Carlo De Vincenzi.

Dal balcone

Pochi minuti di cammino separavano via Massena da piazzale Giulio Cesare. Il questore aveva comunicato al commissario De Vincenzi di ritenersi pure libero da impegni investigativi quel giorno in cui tutta la polizia della regia questura sarebbe stata precettata per gestire la sicurezza del corteo. De Vincenzi avrebbe potuto tranquillamente alzarsi tardi quella mattina. Ma non era andata così.

Aveva fatto colazione con Antonietta, poi insieme a lei aveva raggiunto piazzale Giulio Cesare. La donna si era vestita elegante perché avvertiva l'importanza degli eventi ai quali avrebbe assistito. In realtà né lei né De Vincenzi erano usciti per vedere il re. Entrambi erano interessati alla Fiera e per prima cosa li colpì l'incredibile assembramento di persone che si trovavano nel piazzale. Nonostante la ressa, raggiunsero casa Pavanello e in pochi minuti si trovarono sul balcone ad ammirare dall'alto l'imponente sfilata che stava raggiungendo la Fiera. Seduta a un tavolino, la marchesa Ottoni stava sorseggiando un tè. Vedendo arrivare De Vincenzi, gli rivolse un cenno di saluto. «Si accomodi, commissario. Si accomodi. E magari prenda una tazza. La giornata sarà intensa, e io e la signora Pavanello abbiamo previsto un rinfresco per gli ospiti.»

«La ringrazio, marchesa, ma abbiamo già consumato un'abbondante colazione.»

Quella fu l'ultima frase che il commissario riuscì a udire distintamente. Poi un boato scosse il palazzo. Tazze, tazzine, bicchieri e tutto quello che si trovava sul tavolo accanto alla nobildonna andò in frantumi a causa dello spostamento d'aria e i presenti si trovarono per terra, compreso De Vincenzi. Gli ci volle un po' per rialzarsi e rendersi conto dell'accaduto. In basso, un fumo denso avvolgeva il piazzale. Urla disperate provenivano da ogni direzione.

La varia umanità che si trovava sul balcone della famiglia Pavanello era scampata per miracolo all'esplosione. Ma gli invitati, in preda al panico, erano rientrati in casa e si erano assiepati nella sala. Erano terrorizzati. I pianti dei bimbi e le urla delle donne che chiamavano i parenti a gran voce riempivano l'ambiente. Ognuno cercava la conferma di essere ancora vivo e cosciente.

E ognuno voleva essere rassicurato sulla condizione degli altri. Antonietta non era rimasta ferita, e De Vincenzi le raccomandò di non muoversi da lì per nessuna ragione. Quindi prese la via della porta. Scese le scale e, arrivato in fondo, si accorse che un grosso frammento di ghisa era penetrato nel locale portineria infrangendo la vetrata. Erano saltati in un sol colpo tutti i cristalli dei mobili e c'erano vetri ovunque. Nel palazzo nessuno era morto e nessuno per fortuna era rimasto ferito in maniera grave.

Oltre alla portineria erano state danneggiate dall'esplosione anche alcune abitazioni. La facciata era stata sbrecciata, ma per fortuna la portineria del civico 18 di piazzale Giulio Cesare al momento della deflagrazione era vuota. La portinaia, la signora Linda Taraborelli, e sua sorella Alice si trovavano infatti sotto il grande portone dell'edificio, intente a dare informazioni ad alcuni turisti di passaggio.

Uscendo e alzando la testa De Vincenzi si accorse che la bandiera italiana esposta sul balcone dei Pavanello era ridotta in brandelli. La lancia spuntata sembrava essere stata colpita da un colpo di cannone. Il commissario notò che due pompieri stavano correndo verso lo stabile accanto che si apriva su via Procopio 2. Poco dopo li vide uscire trafelati con una barella sulla quale era stata caricata una donna. Un odore acre e penetrante si era diffuso nell'aria, simile a quello dello zolfo al quale si univa però quello terribile di carne bruciata. E De Vincenzi ricordò le trincee e la guerra.

Poi un urlo straziante di bimbo si sollevò nel piazzale: «Aiuto! Aiuto!». Il commissario si precipitò nella direzione da cui proveniva.

I fatti della caserma Mario Pagano

Nei giorni successivi il commissario De Vincenzi fu costretto a testimoniare, mentre i suoi colleghi Crumi e Bruni furono convocati in questura per raccontare quello che avevano visto in un altro luogo: la caserma della Legione Volontaria della Milizia Carroccio, in via Mario Pagano. I due poliziotti erano stati infatti convocati lì qualche ora dopo l'esplosione in piazzale Giulio Cesare per indagare su un altro fatto di sangue.

Sembrava che tutto fosse accaduto in maniera accidentale. Mentre un milite si allacciava il cinturone, il moschetto che teneva stretto fra le ginocchia era scivolato per terra. Dall'arma era partito un colpo che aveva centrato un gruppo di colleghi. La pallottola aveva attraversato i corpi di due uomini uccidendoli all'istante e ne aveva feriti di striscio altri tre. La dinamica dei fatti non solo non era chiara, era addirittura incredibile e perciò dalla caserma avevano voluto che accorressero sul luogo dell'incidente gli agenti della questura.

Il brigadiere Crumi e il vicecommissario Bruni erano stati scelti per scortare in Mario Pagano il medico legale Dellanoce che si era premurato di esaminare i morti e controllare i feriti in infermeria. Per alcune ore nulla era stato spostato dalla scena dell'incidente. Negli ultimi tempi nella caserma erano avvenute alcune risse fra i sostenitori del segretario federale Mario Giampaoli e quelli di Roberto Farinacci, in competizione tra loro per il controllo del territorio lombardo. Quindi era probabile che ci fosse stato un vero e proprio scontro a fuoco fra militi delle opposte fazioni e che il moschetto non avesse sparato accidentalmente. Ma dopo i controlli di polizia erano emerse altre ipotesi.

A Crumi e Bruni era toccato in sorte di coordinare l'intervento della Scientifica che aveva effettuato i rilievi e raccolto le prove dove era partito il colpo di moschetto. Per alcune ore i due avevano anche interrogato i testimoni raccogliendo quanto più materiale possibile per l'inchiesta che sarebbe stata aperta.

Erano stati mandati lì su richiesta espressa del prefetto Vincenzo Pericoli che nutriva piena fiducia in loro. Sapeva che erano gli uomini adatti perché in passato si erano occupati di un altro caso scottante.

Il 23 marzo del 1921 erano stati proprio Crumi e Bruni a recarsi al circolo Kursaal Diana di viale Piave dove era esplosa una bomba. Per l'attentato era stato scelto un posto da tempo frequentatissimo: un centro sportivo e culturale di forte attrattiva per la borghesia milanese, uno dei primi impianti balneari della città dotato di una gigantesca piscina, dove andavano ad allenarsi con regolarità atleti, ma anche semplici amanti del nuoto. Il circolo aveva un giardino, una pista da pattinaggio, lo sferisterio per il gioco della palla basca e un'enorme sala che ospitava un teatro. Visto l'afflusso di ospiti era nata l'esigenza di creare negli spazi del circolo Kursaal Diana persino un albergo di lusso che potesse accogliere i frequentatori della struttura sportiva ma anche gli eventuali turisti. Qui aveva debuttato la prima mostra ciclomotociclistica di Milano e col tempo il cartellone degli spettacoli del teatro Diana era diventato uno dei più ricchi della città. L'attentato aveva avuto luogo proprio durante una rappresentazione provocando ventuno morti e un centinaio di feriti. I vili terroristi avevano fatto brillare centosessanta candelotti di gelatina esplosiva in una cesta ricoperta di paglia e bottiglie vuote, collocata nei pressi dell'ingresso degli artisti. La deflagrazione era avvenuta durante la quindicesima e ultima replica de *La Mazurka blu* di Franz Lehár messa in scena dalla Compagnia Darclée accompagnata per l'occasione dall'orchestra diretta dal maestro Giuseppe Berrettoni.

Dietro le quinte, per tutto il giorno, aveva regnato una certa agitazione. Per protestare contro il licenziamento di un collega, infatti, gli orchestrali avevano indetto uno sciopero. E il rischio che lo spettacolo saltasse era stato davvero alto. Per ore, i musicisti e il gestore del teatro avevano discusso e trattato. L'accordo era stato trovato all'ultimo, quando gli spettatori erano già in sala. Molti di loro avevano iniziato a protestare non vedendo aprirsi il sipario. Il trillo che annunciava la rappresentazione fu udito intorno alle 22.40.

Poco dopo, mentre il pubblico sembrava essersi quietato, si udì il fragore di un'esplosione. Le file davanti al palco e la buca dell'orchestra vennero investite per prime.

Appena erano entrati nella sala, Crumi e Bruni avevano creduto di trovarsi all'inferno. Pezzi di corpi, brandelli di vestiti erano ovunque. I portantini delle automobulanze cercavano di raccogliere i feriti. Alcuni cadaveri erano coperti da teli bianchi impregnati di sangue. I pompieri cercavano di estrarre chi ancora si trovava sotto le macerie.

La devastazione non era molto diversa da quella alla quale erano sopravvissuti De Vincenzi e Antonietta in piazzale Giulio Cesare. Anche nel caso dell'attentato al circolo Kursaal Diana si erano fatte varie ipotesi sugli attentatori. Quella più diffusa era che avessero piazzato l'ordigno per uccidere l'integerrimo questore Giovanni Gasti che spesso soggiornava in un appartamento proprio sopra il teatro. Man mano che le indagini erano andate avanti, la pista anarchica era stata quella più battuta. I fatti della caserma Mario Pagano sembravano però aprire un altro fronte per l'inchiesta.

Interrogando i militi, Crumi e Bruni avevano scoperto che tutti gli uomini rimasti coinvolti nel tragico incidente erano reduci da un lungo servizio d'ordine. La 24ma Milizia Volontaria, infatti, era stata impiegata sino a qualche ora prima nella sorveglianza del piazzale Giulio Cesare, dove avrebbe dovuto transitare il corteo reale diretto alla Fiera. Ma Crumi e Bruni non ebbero il tempo di registrare e alimentare i propri sospetti.

L'arrivo in caserma di certi personaggi di spicco della scena politica li lasciò addirittura interdetti. Alcuni degli uomini più in vista della città, che durante la mattinata avevano accompagnato Vittorio Emanuele III, si presentarono in serata in caserma manifestando preoccupazione per le condizioni dei feriti e cercando informazioni di prima mano sull'accaduto. Fra coloro che giunsero scortati da gerarchi, miliziani e poliziotti c'erano Arnaldo Mussolini, il console Dabbusi e il sottosegretario Michele Bianchi.

Durante la notte arrivò un telegramma di Benito Mussolini che dettò le regole specifiche alle quali attenersi per quell'indagine e per quella relativa all'attentato alla Fiera.

Dopo la caserma Pagano venne perquisita la sede della Oberdan, associazione fascista con tendenze dichiaratamente repubblicane. E iniziarono i primi arresti. Vennero portati in questura studenti universitari, intellettuali e docenti che gravitavano intorno alla rivista "Pietre", e alcuni appartenenti a un'organizzazione che portava il nome di "Giovane Italia" e che sembrava rifarsi a posizioni mazziniane.

A Crumi e Bruni questi interventi parvero di routine. In serata partirono per Milano alcuni membri del Tribunale speciale per la Difesa dello Stato, l'organo istituito nel 1926 che aveva giurisdizione su ogni strage o attentato e che non era subordinato in nessun modo alla Direzione generale di Pubblica sicurezza.

Le indagini e gli interrogatori vennero così affidati direttamente all'Ispettorato speciale di Polizia. Crumi e Bruni sapevano benissimo che questo organismo operava a Milano già del 1927 ed era diretto da un poliziotto come Francesco Nudi, un vero segugio. Lo avevano visto in azione varie volte e avevano sempre stimato il suo operato. Però era singolare che gli agenti alle sue dipendenze adesso operassero nell'ombra. Come potevano pubblici funzionari al servizio dello Stato e dei cittadini celare la loro attività dietro quella di un negozio con una stramba insegna che recitava: "Società anonima vinicola meridionale". Non c'era niente da bere in quel luogo, e niente da festeggiare.

Ma Crumi e Bruni non fecero in tempo a porsi troppe domande. Così come De Vincenzi venne esonerato dalle indagini sull'attentato alla Fiera, così loro vennero esonerati dal caso della caserma Mario Pagano.

La grande anima di Milano

"La grande anima di Milano che per due giorni si era inginocchiata davanti allo strazio delle vittime innocenti schiantate dalla raffica d'odio, è sorta ieri in piedi per uno di quegli impulsi collettivi in cui hanno rigrandeggiato ancora una volta tutta la sua volontà virile e tutta la sua forza generosa."

C'era molta enfasi in quel corsivo intitolato "Plebiscito di dolore" che il commissario stava leggendo sulla prima pagina del "Corriere della Sera".

Lui c'era stato al funerale. Lui aveva assistito al ricordo funebre. Lui aveva visto sfilare una dopo l'altra le bare degli innocenti uccisi durante la strage del 12 aprile. Leggendo l'articolo in questura, non poteva che ritornare a quei tristi eventi. Avrebbe voluto stracciare il giornale. Avrebbe voluto cancellare i fatti, avrebbe voluto non avvertire quel senso di rabbia, impotenza e odio che aveva travolto tutta Milano. E proprio sull'odio, provato dalla cittadinanza nei confronti dei vigliacchi che avevano compiuto l'attentato, insisteva la pagina del quotidiano.

"Milano accetta quest'odio. Non c'è cittadino che non voglia esserne oggetto. Contro la barbarie, tutta la civiltà è solidale. Noverino dal loro pallido nascondiglio gli assassini, i nemici che essi hanno: sono centinaia di migliaia che sfilarono ieri, fiume infinito, con le loro bandiere, portando al cimitero i morti che sono di tutti, o parenti straziati, perché anche noi vogliamo soffrire con voi, perché per questi innocenti, la folla immensa s'è fatta famiglia."

E a questa famiglia il commissario De Vincenzi avrebbe voluto, in qualche modo, dare giustizia. Ma interrogato sull'attentato di piazzale Giulio Cesare come testimone oculare si era sentito impotente. Per la prima volta nella sua vita si era ritrovato nel ruolo di vittima e non di investigatore. E ancora più impotente lo fece sentire la comunicazione con cui i superiori lo informavano che non si sarebbe in alcun modo occupato del caso. Per risolverlo erano stati scelti degli agenti speciali inviati da Roma, del tutto estranei agli eventi. Mussolini aveva deciso di affidare l'indagine a Vezio Lucchini, console della Milizia Ferroviaria. La scelta era caduta su di lui perché proprio nel mese di aprile Lucchini e i suoi uomini si erano distinti per avere sventato ben due attentati dinamitardi sulle linee ferroviarie organizzati per far saltare in aria i treni sui quali avrebbero viaggiato sia il duce sia il re.

De Vincenzi accartocciò il giornale e lo scagliò contro il muro. Si alzò dalla scrivania e si affacciò alla finestra che dava su piazza San Fedele. Vide alcuni portoni ancora serrati. Una bandiera sventolava a mezz'asta e sulla facciata di un palazzo si distingueva ancora la scritta "Lutto Nazionale". Una piccola bandiera dell'Italia, affissa per festeggiare l'arrivo del re a Milano, spiccava accanto a un altro portone. Su un muro campeggiavano i resti, ancora riconoscibili, di un manifesto strappato, sbrecciato e sfregiato, come lo era stata la città in quei giorni.

De Vincenzi chiuse gli occhi e rivide i feretri che entravano in Duomo durante le prime ore del mattino. Diciassette salme erano state custodite per tutta la notte al cimitero Monumentale, vegliate con pietà da parenti e religiosi, e scortate da tantissimi membri dei Corpi armati: pompieri, poliziotti, carabinieri e militari.

La paura che qualcos'altro potesse accadere era grande.

Dalla caserma Mario Pagano erano state scortate separatamente le bare dei militi vittime del misterioso incidente di cui si erano occupati il brigadiere Crumi e il vicecommissario Bruni.

Così in Duomo i feretri erano diciannove in tutto. De Vincenzi aveva osservato mentre venivano disposti nella navata centrale della grande cattedrale, proprio di fronte all'altare maggiore. Sedici bare erano appaiate in duplice fila, mentre davanti alla gradinata del coro erano state poste quelle più piccole che contenevano le spoglie di Enrico, Gianluigi e Rosina Ravera, i cuginetti rispettivamente di tre, cinque e otto anni che erano stati falcidiati dalle schegge della bomba.

Le sedici bare degli adulti erano state avvolte con drappi di velluto nero, quelle dei bambini erano state coperte con drappi bianchi. Sopra ognuna era stata deposta una grande corona di fiori con i simboli del comune di Milano.

Era toccato all'Armando Ballerini e al Pierino Grassi, assieme ad alcuni militi, deporre quelle ghirlande. Nessuno dei due era riuscito a trattenere le lacrime. Non avevano mai assistito a un funerale del genere. Anche loro, abituati alla morte, non potevano comprendere un simile orrore. L'Armando Ballerini si trovò a pensare che, se il servizio funebre della Gioconda fosse stato ancora attivo, forse tutta quella disperazione avrebbe attraversato Milano in maniera più delicata e silenziosa.

Nonostante la violenza, nonostante la rabbia, nonostante l'odio, nonostante l'angoscia, tutto doveva essere in ordine quel giorno in cui il dolore aveva dilaniato la città. E così il regime aveva dato precise disposizioni. Intorno alle bare che racchiudevano i resti mortali dei due alpini deceduti c'era un picchetto d'ordinanza composto da quattro commilitoni.

Altri militari scortavano invece le salme dei colleghi morti in servizio. Uomini deceduti mentre vigilavano sulla sicurezza intorno alla Fontana delle Quattro Stagioni di piazzale Giulio Cesare. Così come l'agente di pubblica sicurezza Giuseppe Esposito in forza al commissariato di porta Magenta, attorno al cui feretro si erano alternati i funzionari di polizia.

Continuando a tenere gli occhi chiusi, De Vincenzi rivide l'anziana signora Ravera attraversare le navate del Duomo e urlare disperata i nomi del figlio e dei nipoti. Accecata dal dolore aveva implorato Dio perché non lasciasse impuniti i colpevoli. Poi si era messa a singhiozzare aggrappandosi alle tre piccole bare dei bimbi dalle quali era stato difficile staccarla.

Armando e Pierino avevano ricomposto, rapidi, la decorazione floreale caduta per terra. Ma la sofferenza e lo strazio erano proseguiti. In Duomo il silenzio era durato solo un istante.

La vedova dell'aggiustatore meccanico Giovanni Cerizia si era staccata dall'abbraccio dei suoi cari e aveva cercato di raggiungere, fiera, la bara del marito. Non le era bastato abbracciarla per trovare conforto. Invocando il suo nome era crollata per terra. L'Armando e il Pierino erano intervenuti sollevandola e l'avevano sdraiata su una panca.

Proprio in quel momento la campana bronzea della cattedrale aveva iniziato a diffondere nella piazza i rintocchi funebri. Erano circa le 14 e già da alcune ore i gruppi fascisti, partendo incolonnati dalle sedi rionali, avevano raggiunto il Duomo. Ai milanesi erano sembrati un'armata in marcia.

Anche la Curia aveva fatto di tutto per curare le esequie pubbliche in maniera imponente. Dopo essersi preparato nella grande sagrestia, assieme a molti altri chierici e sacerdoti, l'arcivescovo cardinale Tosi aveva officiato la messa accompagnato dai monsignori Balconi, Belgeri e Buttafava, lasciando il compito della lettura della *Passio* al diacono monsignor Brambilla. Non c'era stato nulla di davvero memorabile durante il sermone e neanche durante la benedizione delle salme.

La cerimonia all'interno della grande cattedrale era stata in qualche modo raccolta. Le pubbliche esequie che attraversarono la città, invece, erano state imponenti. Cordoni di sicurezza composti da militi e carabinieri avevano riempito la grande piazza. Schiere di balilla si erano arrampicate ordinatamente sul monumento dedicato a Vittorio Emanuele II. Silenziosi e composti sembravano bersaglieri risorgimentali che marciavano sotto la colonna della grande statua a cavallo.

Tutt'intorno era come se fosse sbocciato un vero e proprio bosco di fiori tale era l'imponenza delle ghirlande. Una barriera verde che si era distesa da via Rastrelli lungo i portici meridionali sino a raggiungere via degli Orafi e via dei Mercanti. Decine e decine di corone funebri erano montate su sostegni di legno. Altre erano state issate sulle automobili, altre ancora appese ai lati dei balconi di alcuni palazzi. Erano di forme diverse e colori molteplici. Fra queste spiccava una monumentale ghirlanda con i nastri della Fiera di Milano, intessuta di palme, gigli, garofani e rose. Poi c'era quella del Corpo consolare composta di calle etiopiche. Una di genziane, rose e garofani era stata inviata dal Senato. Una di garofani bianchi e rossi e palme era stata preparata dalla Federazione fascista. Una gigantesca era stata regalata dalla famiglia reale e due le aveva mandate Benito Mussolini: una come Capo del governo e una a titolo personale. La prima era composta da tulipani, mughetti, orchidee e viole, sull'altra spiccavano invece garofani rossi striati di nero.

Il duce aveva inviato un telegramma personale al podestà Belloni poche ore dopo l'attentato, chiedendogli di individuare al più presto i colpevoli, che dovevano essere cercati di certo tra gli oppositori antifascisti. Così Mussolini aveva concluso il suo messaggio: "Portate per me dei fiori sulle salme degli innocenti colpiti a morte dalle bestie della criminalità dell'antifascismo impotente e barbaro. Recate il mio saluto e il mio augurio a tutti i feriti. Sono sicuro che Milano fieramente fascista risponderà ai gesti della delinquenza superstite con un grido di più intensa fede nell'avvenire della Nazione e del Regime. I nemici non prevarranno".

De Vincenzi aveva trovato il corteo funebre davvero impressionante. Per comporlo erano stati scelti diciannove carri di artiglieria, trainati da quadriglie di cavalli neri montati da soldati in alta uniforme, con l'elmetto grigio. Sedici erano parati con drappi neri, adornati da nastri tricolori e palme vere. Tre erano completamente bianchi, trainati da cavalli bianchi e grigi. Erano quelli che trasportavano le salme dei bambini.

Alla partenza del corteo, stormi di aeroplani avevano solcato il cielo e un gruppo di dirigibilisti, capitanato dal generale Umberto Nobile, aveva sfilato nelle strade. Nobile e i suoi uomini avevano deciso di rimandare di un giorno la partenza per il Polo Nord in segno di rispetto per le vittime. Sarebbero decollati il 15 aprile 1928 con il dirigibile Italia dal campo di Baggio, l'unico a Milano adibito per quello speciale tipo di voli. Sarebbe stata la seconda spedizione artica di Nobile dopo quella fortunata del 1926 condotta insieme all'esploratore norvegese Roald Amundsen e allo statunitense Lincoln Ellsworth. I dirigibilisti in divisa avevano accompagnato assieme ad alcuni alpini il generale durante tutto il funerale.

Il corteo era sfilato seguendo un itinerario tanto lungo, quanto preciso: piazza Duomo, via Mercanti, piazza Cordusio, via Dante, foro Bonaparte, via Legnano, piazza Lega Lombarda, Bastioni di porta Volta, via Ceresio. Raggiunta la stazione Bramante, si era diretto verso il cimitero di Musocco dove era previsto che i corpi venissero sepolti nel campo n. 37. Un posto speciale, riservato ai caduti della patria che si trovava in una zona prospiciente il vialone centrale. Prima di raggiungerlo De Vincenzi ricordava benissimo la pioggia di fiori che aveva coperto le bare in via Dante. Il cielo per qualche minuto sembrava essersi oscurato. Ricordò anche le scene di panico in via Mercanti. Qui il passaggio di un aereo e la saracinesca di un negozio che si era all'improvviso sollevata avevano riprodotto il rombo di un'esplosione. La gente spaventata aveva cominciato a fuggire. Si era tranquillizzata solo quando aveva visto che la banda musicale al seguito della processione non aveva smesso di suonare. Solo allora il panico era cessato.

De Vincenzi aveva seguito a piedi tutto il corteo e aveva raggiunto corso Sempione, dove all'altezza dell'incrocio con via Massena si era sentito tirare per la giacca. E al braccio gli si era attaccata con dolcezza, quasi fosse sua mamma, la Maria Ballerini. Sul vetro della portineria aveva appeso la scritta "Chiusa per lutto".

Sapeva bene cosa voleva dire perdere un figlio, la sciura Maria. E quel giorno Milano celebrava la morte di ben diciannove dei suoi ragazzi. Il ventesimo sarebbe deceduto l'indomani. Luigi Mario Gea, di anni undici, sarebbe spirato infatti all'ospedale Maggiore. La sciura Maria avrebbe pregato anche per lui. E pensare che il piccolo come tanti altri avrebbe potuto salvarsi se solo non si fosse trovato a passare da piazzale Giulio Cesare. Ma il padre, di mestiere fattorino, aveva insistito tanto con la moglie perché lo portasse con sé: «Porta il bambino. C'è il re, c'è l'inaugurazione della Fiera. Si divertirà».

Davanti alla cancellata del cimitero di Musocco, De Vincenzi non se l'era sentita proprio di entrare. Aveva dato un bacio in fronte alla Maria e le aveva sussurrato: «Devo tornare in questura».

Poi lei lo aveva visto allontanarsi. L'aveva guardato da dietro e dalla cadenza della camminata aveva compreso quale fosse la sua meta. Lei stava per entrare in un luogo di dolore, ma anche quello verso cui era diretto De Vincenzi non lo era da meno.

Il commissario ci mise un quarto d'ora per raggiungere il luogo della desolazione. Piazzale Giulio Cesare mostrava ancora i segni della strage. Attorno al recinto improvvisato con paletti e fil di ferro che circondava il palo della luce esploso, notò a terra brandelli di carni e di vesti. Macchie di sangue rappreso striavano il terreno. La Fontana delle Quattro Stagioni mutilata sembrava sopravvissuta a un attacco aereo. Qualche zampillo attraversava ancora le statue, ma il suono che produceva non era più quello di prima. Corone di fiori erano state deposte dove le zolle di terra dei giardini erano letteralmente esplose. La pietà dei milanesi si raccoglieva lì, viva e palpabile. Il poliziotto sollevò lo sguardo verso l'ingresso della Fiera Campionaria e si mise a camminare in circolo lungo il piazzale, in cerca di qualche indizio che confermasse le sue ipotesi.

Al corteo funebre avevano rinunciato ben volentieri l'Armando Ballerini e il Pierino Grassi, intenti a risistemare il Duomo dopo l'uscita dei feretri. C'erano panche da mettere a posto e fiori da raccogliere per fare ordine nella casa del Signore. Mentre svolgevano quel servizio, si accorsero che proprio da sotto la cripta era uscito qualcuno. Nonostante l'uomo fosse in ombra, il Pierino lo riconobbe dalla statura e dal portamento. Era un giovane e aveva il volto rigato di lacrime. Chissà per quanto tempo era stato là sotto? Chissà per chi aveva pregato? Chissà perché aveva scelto di restare da solo laggiù con il suo dolore? Furono queste alcune delle domande che il Pierino si fece riconoscendo il volto di Giuseppe Meazza.

Il calciatore si inchinò in fondo alla navata, si segnò e lasciò la chiesa. Pierino e Armando rimasero nella grande cattedrale ancora per un po'. Terminate le pulizie uscirono dal portone centrale. Girandosi e alzando la testa, si accorsero che sulla facciata era stato apposto un cartello. Visibile a coloro che avevano invaso la piazza fino a poco prima, declamava: "Fiamme di vita tragicamente spente sulla terra / Siate luce eterna nel cielo della Patria".

Ma che razza di patria poteva permettere un delitto del genere, pensò l'Armando.

Le prime indagini

Le indagini furono più complicate del previsto nonostante le intenzioni del podestà e le richieste esplicite di Benito Mussolini.

De Vincenzi aveva seguito con attenzione quello che era successo dopo l'attentato. Aveva ascoltato in silenzio e registrato tutto, testimone muto di fatti di sangue che non avevano ancora avuto giustizia.

De Vincenzi fu uno dei primi a leggere i proclami firmati dal podestà Ernesto Belloni affissi in città che recitavano: "Milanesi, un orrendo delitto ha voluto offuscare l'ora superba nella quale, voi tutti, stretti intorno alla Maestà del Re, innalzavate verso di lui i vostri spiriti di lavoratori tenaci, celebranti davanti al Sovrano il rito della Vittoria e quello del Lavoro. Accogliete nel vostro maschio cuore tutto il rimpianto per coloro che il folle gesto colpì ciecamente ma imprimete nel vostro volto le linee austere che si addicono ai cittadini della città del Carroccio e del Fascismo primogenito. In alto i cuori, o Milanesi, e riprendete attorno al Re, nel nome del Duce che oggi è più che mai presente in mezzo a noi, il cammino verso le mete che ci attendono. Avanti Savoia! Evviva Il Re!".

Il podestà aveva anche promesso una ricompensa di cento lire a chi avesse fornito alla polizia informazioni utili per individuare i colpevoli del vile attentato.

Al tenente colonnello Mario Grosso della sezione Distaccata di Artiglieria di via Calatafimi venne affidato il compito di svolgere un'accurata perizia sui resti dell'ordigno rinvenuti sul luogo dell'attentato. L'ufficiale aveva compiuto un preciso sopralluogo in piazzale Giulio Cesare e aveva elaborato quasi subito una precisa teoria riguardo alla bomba e alla sua collocazione. Aveva desunto che gli attentatori non potevano essere gente sprovveduta e che non c'era stato nulla di improvvisato nella preparazione dell'ordigno. La bomba probabilmente era composta da una certa qualità di dinamite o da una gelatina esplosiva racchiusa in un involucro che Grosso aveva ipotizzato essere di lamiera sottilissima oppure di tela cerata. L'involucro era stato collocato alla base di un enorme lampione presente nel piazzale, nel punto sottostante al basamento di ghisa, nel vano che permetteva il controllo della tensione elettrica. Il sacchetto con la bomba doveva essere stato collegato mediante un filo a un congegno a orologeria che aveva innescato la deflagrazione in un momento ben preciso. L'anticipo con cui il corteo reale era arrivato nel piazzale non era stato previsto dagli attentatori e per fortuna nell'istante della detonazione molta gente si era spostata.

Lo spazio ristretto aveva aumentato la forza dell'esplosione e il rivestimento di ghisa del palo era andato distrutto, trasformandosi in centinaia di frammenti metallici, che avevano investito la folla come proiettili. Il colonnello Grosso ne aveva rinvenuta solo una piccolissima porzione dalla forma irregolare sul lato del piazzale opposto a quello in cui era stata collocata la bomba. Nella perizia l'ufficiale aveva anche sottolineato come l'ordigno fosse ben diverso da quello usato nella strage al circolo Kursaal Diana del 1921.

La ricerca dei possibili terroristi aveva portato all'arresto di vari sospetti in tutta la Lombardia. De Vincenzi aveva appreso che fra questi c'era anche Romolo Tranquilli, catturato il 13 aprile 1928 nei pressi di Brunate, vicino a Como. L'uomo aveva soggiornato presso l'Hotel Bella Vista dove il suo atteggiamento schivo e misterioso aveva insospettito il proprietario dell'albergo che aveva chiesto l'intervento dei carabinieri.

In un primo tempo il giovanotto era riuscito a sottrarsi agli uomini dell'Arma saltando di notte dalla finestra al primo piano della sua camera. Ma la fuga non era durata a lungo. Il Tranquilli era stato prima intercettato su un tram della linea Como-Erba-Lecco, dal quale era balzato giù nei pressi del paesino di Tavernerio, poi alcuni fascisti lo avevano catturato nei boschi di Montorfano. Perquisendolo gli avevano trovato in tasca lo scontrino di un deposito bagagli di Milano. Sul foglietto risultava la data dell'11 aprile e in tasca aveva una mappa che gli inquirenti sostennero rappresentare piazzale Giulio Cesare. Sottoposto a interrogatorio, Tranquilli aveva dichiarato di avere un appuntamento a Como con un suo amico e che la cartina rappresentava in realtà la piazza Duomo del comune lariano dove dovevano incontrarsi. Nessuno gli credette.

Così venne accusato di essere uno dei responsabili della strage, complici le dichiarazioni di due donne che sostennero di averlo visto aggirarsi in piazzale Giulio Cesare giusto la sera prima dell'esplosione. Vani furono i tentativi di don Orione e del fratello Secondino Tranquilli di dimostrare l'innocenza di Romolo. D'altra parte come poteva il fascismo ascoltare le richieste di un prete troppo dedito all'assistenza degli orfani e degli indigenti e quelle di un comunista schedato negli archivi di polizia. Secondino Tranquilli (che era solito firmare i suoi scritti con lo pseudonimo di Ignazio Silone) provò anche a entrare in contatto con l'ispettore Guido Bellone della polizia politica per chiarire la posizione del fratello.

De Vincenzi non aveva mai guardato di buon occhio

né l'attività di Bellone né quella dell'ispettore generale Francesco Nudi. E sapeva che prima o poi in questura qualcuno gli avrebbe chiesto lumi rispetto al suo atteggiamento critico nei confronti di certi colleghi.

In trippa *veritas*

Qualcuno avrebbe provato rabbia, qualcun altro dolore. Il commissario De Vincenzi invece passò in silenzio molti dei giorni successivi al 12 aprile 1928. Non aprì libro in quel periodo. Continuò quotidianamente a recarsi in questura. Incontrò varie volte in ufficio alcuni dei suoi confidenti, ma non volle partecipare a nessuna delle riunioni speciali organizzate dal podestà e dal prefetto. L'inchiesta non gli era stata affidata in quanto figurava tra i testimoni del terribile attentato. Venne interrogato più volte dai colleghi di Roma, titolari delle indagini, e durante i colloqui si limitò a raccontare quello che era successo senza commentarlo in alcun modo.

Una decina di giorni dopo, però, decise di convocare Crumi e Bruni in un luogo dove avrebbero potuto parlare in pace, lontani da occhi e orecchie indiscreti. La signora Maria Ballerini rese disponibile anche per quella riunione il suo locale portineria e cucinò apposta una pietanza davvero speciale: un pentolone ricolmo di *busecca*. Un piatto povero della tradizione contadina lombarda che un tempo si consumava la notte di Natale ma anche in occasione delle fiere e dei grandi mercati di bestiame. La prima volta che gli avevano proposto di assaggiarla, alla Trattoria della Pesa, il commissario si era un po' inquietato davanti alla parola *busecca*. Si era chiesto cosa fosse mai quello strano *buso*.

Quando l'oste gli aveva specificato che si trattava di trippa, che gli sarebbe stata servita fumante, accompagnata da verdure, brodo e condimento De Vincenzi aveva accettato la portata. Ma non c'era confronto fra la trippa della trattoria e quella della sciura Ballerini. La signora Maria la lavava ben bene e la lasciava spurgare in modo che non restassero odori o sapore acido. Dopo la tagliava a pezzettini, e preparava un bel soffritto con carote, cipolle, sedano, pancetta che il Peppino Grassi le procurava nel piacentino. La Maria lasciava bollire a parte i fagioli borlotti che aveva già ammollato la sera prima nell'acqua. Quando il soffritto era pronto, aggiungeva poco alla volta la trippa insieme a foglie di salvia, bacche di ginepro, chiodi di garofano e a qualche cucchiaio di passata di pomodoro. Quindi i fagioli venivano uniti al resto con una buona mescolata di pepe che insaporiva il tutto.

La sciura Maria preparava la *busecca* sulla vecchia stufa in ghisa della portineria. Ci volevano alcune ore e più la trippa veniva bollita più risultava morbida.

De Vincenzi ne avvertì l'intenso profumo fin dal fondo della via. Bussò piano alla vetrata della portineria.

«Commissario, non l'aspettavo così presto» lo salutò la Ballerini.

«Non si preoccupi, signora Maria, continui pure a fare quello che deve. Io mi siederò lì in un angolo ad attendere gli altri.»

«È sicuro di resistere?»

«Diciamo che se lei mi induce in tentazione, io non opporrò resistenza.»

«E allora, commissario, mi dia una mano a preparare la tavola.»

De Vincenzi appese il cappotto a uno dei ganci dell'attaccapanni che spiccava nel mezzo della stanza. «E adesso?»

«Mi recuperi un po' di ciotole dalla madia di legno. I cucchiai li trova nel cassetto del tavolo.»

«E la tovaglia?»

«Ci penso io, è in cortile. L'ho stesa a prendere aria.» La portinaia uscì dal locale e tornò poco dopo tenendo una tovaglia colorata. «Lo sente che bel profumo di fresco?»

«In realtà, sento un gran profumo di trippa.»

«Commissario, ma lei è davvero incontenibile. Eppure a vederla, è così magro. Non avrei mai pensato che fosse tanto goloso.»

«Sarebbe impossibile restare a dieta frequentando casa sua.»

«Sì, ma lei di cucchiaio ci dà dentro volentieri.»

«Mangiare in compagnia mi aiuta a tenermi lucido.»

Nel frattempo apparve sulla porta il Pierino in compagnia dell'Armando.

«Puntuali anche voi?» domandò la Maria.

«Be', zia, quando il commissario ci convoca noi non possiamo certo tirarci indietro» rispose Pierino.

«*L'è la busecca che la ciama, minga el commissari!*»

«Ma no. Si tratta di indagini per conto della giustizia.»

«Guarda, mamma, abbiamo persino portato una bottiglia di Bonarda che abbiamo recuperato durante un servizio funebre a Castel Arquato. E qui nel tascone della giacca ho anche un bel *tocchel de salam* da dividere giusto per scaldare le *ganasce*» disse l'Armando.

De Vincenzi intanto aveva preparato con cura la tavola e stava predisponendo le seggiole.

«Armando, vai a recuperare dall'Anna un altro paio di *cadreghe*» chiese la Ballerini.

«Agli ordini!»

«E tu, Pierino, spostami quel panchetto in fondo alla tavola, così io mi siedo là» proseguì la donna.

De Vincenzi si era già accomodato. Guardando la sciura Maria le rivolse un gesto per indicare la sua ciotola vuota.

«Ma non aspetta, commissario?» domandò l'Armando.

Il poliziotto scosse la testa e tornò a indicare il piatto. La Maria Ballerini lo riempì di trippa fumante. Il profumo che già inondava la stanza diventò ancora più intenso.

Il commissario chiuse gli occhi per un momento e sembrò sorridere. Quindi prese il cucchiaio e lo riempì della pietanza. Con le palpebre ancora abbassate portò il cibo alla bocca e iniziò a masticare. Quando aprì gli occhi, aveva uno sguardo beato.

«Sembra un bambino, signor commissario» commentò Maria.

De Vincenzi continuò a mangiare mentre gli altri lo fissavano. Nel frattempo sentirono bussare alla vetrata. Erano arrivati anche Crumi e Bruni che fecero il loro ingresso in portineria. «Non pensavamo di essere in ritardo, commissario.»

«E infatti siete puntuali.»

«Ma lei deve avere una fame da lupi visto che non ci ha aspettato.»

«Non più del solito.»

«Ha quasi finito il piatto.»

«È una questione di metodo.»

«Possiamo accomodarci anche noi, sciura Maria?»

«Sedete, ragazzi, sedete. Ce n'è per tutti. Non si dica che qualcuno muoia di fame a casa mia.»

De Vincenzi aveva già ripulito il piatto usando un pezzo del filone di pane che si trovava in tavola. «Una volta, quando avevano paura di essere avvelenati i ricchi signori chiedevano a uno dei loro servitori di provare prima le pietanze. Consideratemi il vostro assaggiatore.»

«Aveva paura che la Maria ci avvelenava?» chiese Crumi.

«No, dovevo controllare che la trippa fosse buona come le precedenti che ho mangiato qui.»

«Lei la sa lunga, commissario, e intanto ha spazzolato un piatto in più di noi.»

«Diciamo che adesso, mentre voi vi butterete sulla trippa, io dovrò spiegarvi con calma alcune cose che non si possono dire con la bocca piena.»

«Come... come...» mormorò Bruni.

«Maria, servi gli ospiti, per favore.»

«Con piacere, commissario.»

De Vincenzi aspettò che i commensali avessero tutti le ciotole piene e iniziassero a mangiare. Dopo qualche momento di silenzio prese di nuovo la parola: «Come sapete non ho potuto occuparmi della strage di piazzale Giulio Cesare né i ragazzi potranno proseguire l'indagine sui fatti della caserma Mario Pagano. Non dipende da noi. E siamo stati sollevati tutti dall'incarico con la scusa che ero stato testimone degli eventi e che da Roma volevano occhi diversi per investigare.»

De Vincenzi parlava con calma, mentre i commensali erano rimasti bloccati con il boccone a metà. Nessuno aveva il coraggio di proseguire il pasto, la tranquillità era svanita.

«Bruni mi ha riferito un paio di particolari piuttosto strani. Le mani di uno dei militi ferito in caserma erano sporche, come se le avesse passate sopra qualcosa di unto e scuro. Inoltre il dottor Dellanoce, che per primo ha osservato le ferite, sia dei morti sia dei sopravvissuti, mi ha confermato un dubbio evidente: è alquanto improbabile che i soldati siano stati colpiti da un unico proiettile esploso dallo stesso moschetto. Anche la caduta accidentale dell'arma risulta improbabile. Nessuno però ci permetterà di riesumare i corpi dopo i funerali né di effettuare un'autopsia che ci aiuti a capire cos'è successo. Roma vuole trovare gli attentatori in fretta e non ha alcuna intenzione di tollerare illazioni sui suoi fedeli miliziani. Eppure non riesco a togliermi dalla testa il sospetto che le mani del defunto fossero sporche di una sostanza molto simile al grasso usato per ripulire di solito oggetti di ghisa come il lampione esploso in piazzale Giulio Cesare. E niente mi impedisce di pensare che i morti nella caserma Mario Pagano potessero sapere qualcosa su quanto accaduto davanti alla Fiera. Peraltro i miliziani della 24ma erano stati impegnati in quel luogo nel servizio d'ordine fino a poche ore prima dell'esplosione.»

Gli altri commensali avevano posato i cucchiai e guardavano il commissario senza fiatare.

«Si è parlato di attentato alla vita di Vittorio Emanuele III, ma sul terreno sono rimasti solo i cadaveri di poveri innocenti, civili e militari. Si stanno cercando i colpevoli fra le fila dei comunisti, degli anarchici e degli avversari al regime. Ma c'è un elemento che non torna nell'indagine gestita da Roma. Lo so che ci vorrebbero le prove per dimostrare quello che dico ma vi assicuro che sono troppe le stranezze nella strage del 12 aprile.»

«Come pensa di muoversi commissario?» domandò Bruni.

«Non girerò la faccia dall'altra parte e se anche mi ci vorrà tempo troverò i colpevoli.»

«Quindi chiederà dei permessi speciali a Roma?» lo incalzò Crumi.

«Non chiederò nulla visto che mi sono stati revocati i poteri di investigare su questo caso. Vi chiedo però, se possibile, di registrare anche voi con me ciò che succederà da qui in avanti. Saremo la memoria storica di quanto accadrà.»

«E noi come dovremmo comportarci?»

«Continuate a vigilare come sempre, Bruni, e se notate individui sospetti o qualcosa che non torna nelle inchieste dei nostri colleghi, appuntatevela e riferitemela.»

«Sarà un'operazione difficile visto che ci hanno legato le mani» replicò il brigadiere.

«Difficile, ma non impossibile.»

«E adesso, commissario?» chiese Crumi.

«Vi suggerirei di finire la vostra trippa se non volete subire le ire della sciura Maria che ha cucinato per noi.» Quindi De Vincenzi tornò con sicurezza alla sua ciotola. «Mai indagare a stomaco vuoto.»

La signora Maria lo servì con generosità di *busecca*.

Il Ballerini riempiendosi la bocca chiosò ad alta voce: «In trippa *veritas*, *commissari*».

«Amen» aggiunse Pierino.

La lettera nerazzurra

Il 22 dicembre del 1928 furono recapitate in Milano sei lettere. Erano tutte di egual misura e tutte rettangolari. Sei buste consimili, tutte azzurre. Quel colore da prima comunione e da innocenza virginale non produsse però reazioni di bontà né di stupore in nessuna delle persone che le ricevette.

Neppure d'indifferenza.

L'effetto della sesta lettera azzurra, possiamo svelarlo, fu immediato e radicale: colui a cui era indirizzata, infatti, si fece saltare le cervella.

A quelle sei missive, di cui dovette occuparsi nei giorni successivi il commissario di polizia Carlo De Vincenzi, se ne aggiunse una settima. A portarla in piazza San Fedele fu il destinatario stesso.

Era diversa dalle precedenti non per forma, bensì per colore. In quanto presentava su tutta la sua superficie un'alternanza di strisce nere e azzurre. Una bicromia più azzeccata per una cravatta da feste da ballo che per una lettera.

Il nerazzurro della missiva aveva colpito la signora Bice. L'aveva trovata davanti all'ingresso della sua portineria di porta Vittoria e aveva subito immaginato che fosse indirizzata al Peppìn. Poi il fatto che il nome del Balilla fosse scritto con una bella calligrafia sull'intestazione aveva confermato i suoi sospetti.

Era da un po' di tempo che quel giovane ne riceveva tante di lettere. Alcune arrivavano per posta, altre invece venivano recapitate a mano, come quella. Molte avevano colori particolari, qualcuna persino profumi intensi.

La lettera che arrivò il 22 dicembre era davvero singolare e ricordò all'anziana portinaia i colori della divisa che il Peppìn aveva indossato a lungo nella squadra di calcio in cui militava.

Le venne tristezza pensando al nuovo abbigliamento imposto dal fascismo. Da qualche tempo le maglie dell'Internazionale erano state cambiate drasticamente come pure la sua denominazione. Le direttive impartite dal regime già nel 1927 avevano infatti imposto di ridurre in Italia il numero delle squadre a una sola per città. A Milano, la rivoluzione era arrivata repentina e improvvisa cancellando colori e nomi tradizionali.

Alla fine del campionato 1927-28 Ernesto Torrusio, braccio destro del gerarca fascista Rino Parenti, che ricopriva all'epoca il ruolo di presidente della U.S. Milanese, classificatasi da poco seconda nel campionato di Prima Divisione B, si accorse che c'era la possibilità di fare il grande salto ed essere finalmente ammessi alla Divisione Nazionale. Costrinse così la società dell'Internazionale all'immediata fusione. I vertici nerazzurri non ebbero scelta e dovettero assistere impotenti all'accorpamento del proprio team con la U.S. Milanese. Non ci fu la possibilità di discutere. La decisione venne semplicemente comunicata dall'alto. Giocatori e vertici dell'Internazionale dovettero prenderne atto.

La nuova società assunse una denominazione che non rimandava in alcun modo all'Internazionale marxista. Non si doveva nemmeno ipotizzare alla lontana un qualche legame con i simpatizzanti di quell'area politica tanto invisa a Mussolini e ai suoi uomini.

E così la chiamarono Ambrosiana: in onore di sant'Ambrogio. Le tolsero la maglia nerazzurra e stabilirono che scendesse in campo con una divisa bianca adornata da una croce rossa: quella di san Giorgio che, fin dal Medioevo, rappresentava il simbolo di Milano. Al centro della croce era ricamato in bella evidenza un fascio littorio.

La squadra in cui militava il Peppìn era stata così ribattezzata e rivestita in quattro e quattr'otto. Al Balilla quell'assurda divisa scelta dai fascisti non era mai piaciuta. Preferiva di gran lunga la maglia nerazzurra che aveva indossato fin da quando era entrato nelle fila dei Boys dell'Internazionale. La signora Bice lo aveva visto crescere per strada dando calci al pallone. La sua leggenda era nata poco per volta, prima ancora che l'Internazionale decidesse di arruolarlo nelle proprie fila. La concorrenza, ovvero il Milan Football Club, qualche anno prima, lo aveva scartato a causa del fisico troppo magro, quasi mingherlino: inadatto alla vita, dura e competitiva, di un calciatore professionista.

Ma il Peppìn le ossa se le era fatte già da un bel pezzo. Quante partite aveva giocato con successo nella zona popolare del quartiere di porta Vittoria dove era cresciuto e dove la sua mamma svolgeva l'umile lavoro di fruttivendola. Fin da piccolino *el Balila* non aveva mai avuto paura di misurarsi con bambini più grandi, che dribblava con facilità mandandoli a gambe all'aria. Nessuno riusciva a rubargli quella palla che in campo pareva letteralmente incollata al suo piede. Un piede talvolta nudo, poiché all'inizio Peppìn non poteva permettersi nemmeno le scarpette da calcio. E di certo non poteva indossare l'unico paio di calzature che possedeva con il rischio di distruggerle su campetti, poco verdi e pieni di sassi, di Greco e porta Romana in cui si era abituato a correre dietro a una palla di stracci uguali a quelli che teneva legati ai piedi scalzi. Per altri sarebbero risultati bende ingombranti. Lui, invece, non sentiva il peso di quella copertura improvvisata. Non poteva e non voleva rovinare l'unico paio di scarpe che gli aveva regalato sua madre. Si sarebbe dispiaciuta e Peppìn non sopportava in alcun modo di vederla triste. Faceva l'impossibile perché sorridesse e, per anni, nascondendosi dietro a un'espressione serena le aveva celato la sua passione incontenibile per il gioco. Solo nel 1917, alcuni mesi dopo la scomparsa in guerra del padre, Peppìn trovò il coraggio per chiedere a mamma Ersilia il permesso di giocare sui campi regolari, dove si muoveva l'Unione Libera Italiana del Calcio.

Come ebbe a raccontare un suo amico giornalista, Gianni Brera, che lo frequentò negli anni: "Peppìn ragazzetto era gracile e denutrito. Aveva le spallucce cadenti e le ginocchia vaccine. Sottoposto a visita scolastica, era stato trovato debole di polmoni e accolto al Trotter, che era ed è l'avveniristica scuola all'aperto dei milanesi. Egli era dunque un esempio del nostro entozoo disastrato e tuttavia gagliardo, con dentro tanto nerbo da strabiliare chiunque lo sottovaluti. Quando lo presero all'Inter, si invitarono i soci a ospitarlo il più frequentemente possibile per la bistecca, della quale in casa non aveva abbondanza, a diciassette anni appena compiuti, era già tanto bravo che venne retrocesso Bernardini a centrocampo, così che era l'asso patentato (o molto pagato) a dover servire il pivello più dotato di genio".

E quelle bistecche al Balilla avevano fatto un gran bene, lo sapeva benissimo la sciura Bice che, quando poteva, condivideva con lui e sua madre lo spezzatino che preparava per i figli. Lei ci metteva la carne, e mamma Ersilia le verdure che portava dal mercato. Quelle due donne avevano un occhio di riguardo per il Peppìn. E le lettere che strabordavano dalla buca della posta dimostravano al palazzo e al quartiere che quel ragazzo ormai aveva realizzato il suo sogno.

Eppure, osservando la missiva nerazzurra la portinaia ne aveva colto la stranezza e aveva escluso che portasse fortuna. Fra sé e sé si era augurata che non fosse foriera di disgrazie. Che contenesse un messaggio sconvolgente, però, ne era sicura.

Le era bastato cogliere il pallore del giovane quando gliel'aveva consegnata. Ma la sciura Bice non aveva domandato niente, non era nel suo carattere chiedere. Poi voleva troppo bene al Peppìn e vederlo turbato la preoccupava.

Un mestiere fatto di attese

Era il volto di un giovane uomo per niente sereno quello che il commissario Carlo De Vincenzi vide apparire nel suo ufficio.

Il Peppìn aveva gli occhi brillanti ma stranamente lucidi. Il viso esangue, contratto, scarno. Il pallore su cui risaltavano le gote arrossate colpì il poliziotto. Non ci fu bisogno di presentazioni.

«Freddo?» domandò De Vincenzi.

«Nebbia, commissario! Una gran nebbia. Da piazza della Scala non si vedono le lampade ad arco della Galleria... Aghi sulla faccia e dita intirizzite. Ma io ci sono abituato, per gli allenamenti. Anzi, devo confessarle che con la *scighera* ho un rapporto speciale. Mi ha sempre portato fortuna attraversarla prima di una partita importante. Mi ha sempre ritemprato, rinvigorito.»

De Vincenzi lo studiava, curioso.

Peppìn invece evitava timoroso il suo sguardo.

Il commissario lo fissava con intensità, sovrappensiero. Perché mai quel giovane era venuto a trovarlo a quell'ora? Cosa lo preoccupava? Quale segreto l'aveva spinto in piazza San Fedele? Perché quello che la gente aveva soprannominato nel tempo *el Balila* aveva scelto di varcare la porta della questura?

Fu allora che il telefono del commissario squillò.

Peppìn sobbalzò.

«Che c'è?» rispose De Vincenzi, alzando la cornetta. Pronunciò qualche monosillabo, poi riappese.

«Chissà quante ne riceve lei di telefonate, commissario... così nel cuore della notte. Io impazzirei al suo posto. Io col buio preferisco andare in giro... Vado a letto tardi e mi sveglio presto. Talvolta non dormo neppure e mi presento agli allenamenti con gli abiti stropicciati. C'è qualcuno dei miei compagni che spesso ci ricama su, per questa abitudine. Ma posso assicurarle che non accade nulla di strano durante le mie nottate.»

«Lo conferma l'intenso profumo di donna che hai ancora addosso, Peppìn. Non preoccuparti. E per quanto riguarda il telefono, per me non è certo un problema... È lui che alla notte, nelle lunghe ore di veglia, mi unisce alla città... È tramite lui che mi arrivano le voci di allarme, i primi disperati richiami. Perlopiù sono portinai svegliati dal rumore dei grimaldelli o dallo schianto secco di un colpo di rivoltella o magari soltanto dagli schiamazzi di una comitiva di disturbatori. Guardalo! È tozzo, nero, inespressivo, per molti. Nient'altro che una scatola con un buffo cornetto e un cordone verde. Ma per me ha mille voci, mille volti, mille espressioni. Quando squilla, so già se reca un messaggio di ordinaria amministrazione oppure se annuncia un nuovo dramma, una tragedia d'amore o delinquenza...»

«Ci vuole del coraggio a rispondere a quelle chiamate» aggiunse serio Peppìn, guardando solo adesso De Vincenzi negli occhi.

«Chissà. Di certo ci vuole pazienza... Il mio è un mestiere fatto di attese. Non devo scendere in campo ogni volta come te. Non devo inseguire una palla e impedire che qualcuno me la porti via, Peppìn. Io aspetto che la palla sia in campo e la osservo: ne amo i rimbalzi, ne seguo le traiettorie da lontano. A volte ipotizzo se entrerà in porta prima che succeda. Ma non mi scompongo se non accade. Mi limito a valutare gli eventi. E così non mi chiedo perché sei venuto a trovarmi. Mi aspetto che sia tu a spiegarmelo.»

Peppìn estrasse la lettera nerazzurra dal cappotto che indossava. «Sono venuto per questa» disse, deponendola sulla scrivania.

«La società ha deciso di rimuoverti dall'incarico?»

«Per niente, signor commissario!»

«E allora perché ti ha mandato una lettera simile?»

«Non sono stati loro.»

«Ne sei sicuro?»

«Sicurissimo, signor commissario. E dovrebbe anche sapere che è da un po' di tempo che non vestiamo nerazzurro né possiamo usare liberamente la parola Internazionale.»

«Mi permetti di aprirla?»

«Certo, ma credo che il contenuto non la stupirà.»

In effetti, De Vincenzi aprendo la lettera nerazzurra non mostrò alcuna emozione. Anche perché, estraendo il foglio che vi era contenuto, non trovò nulla di scritto.

«Ora, commissario, si starà chiedendo perché questa lettera con un foglio bianco mi abbia spinto a venire fin qui?»

«Be', caro Peppìn, se hai qualcosa da raccontarmi abbiamo tutta la notte a disposizione mentre la città è addormentata.»

Il Balilla riprese il foglio bianco e lo infilò di nuovo nella busta nerazzurra che si infilò in una tasca del cappotto prima di iniziare il racconto.

De Vincenzi rilassato si mise ad ascoltarlo.

Le prime scarpe

Il commissario De Vincenzi era sicuro che la storia del giovane sarebbe stata interessante.

«Non è la prima lettera nerazzurra che mi viene recapitata. E ogni volta che ne ho ricevuta una, la mia vita è cambiata.»

De Vincenzi staccò con delicatezza la cornetta del telefono e la depose sul tavolo. «Non vorrei che nessuno disturbasse la nostra conversazione, Peppìn. Vai avanti.»

«La prima mi è arrivata molto tempo fa, quando ancora non ero così bravo né così famoso. Ho sempre giocato a calcio fin da piccolo ma all'inizio il mio era solo istinto. Mi sono arrangiato per anni come potevo. Poi sono entrato nella squadra del Gloria F.C. e il calcio è diventato per me qualcosa di serio. Lei penserà che sia stata quella società a fornirmi le mie prime scarpe da calcio. Ma non è andata così. Fu proprio nella Gloria F.C. che cominciai a sentirmi osservato sul campo.

C'era gente che veniva spesso a vedere noi ragazzi durante le partite. Qualcuno dei miei compagni mi disse che cercavano calciatori da ingaggiare. Qualcun altro sosteneva che i motivi fossero diversi. Un giorno il piccolo Michele Rossi mi bisbigliò nell'orecchio: "Oggi gioca bene, Peppìn, che ci guadagniamo un bel piatto di minestra".

Gli chiesi il perché di quelle parole e lui sorridendo rispose: "Oggi hanno scommesso su di te e non devi deluderli".

Non mi sarei mai immaginato che qualcuno potesse investire dei soldi e giocarsi persino lo stipendio o il negozio puntando sui miei goal. Qualche tempo dopo mi arrivò la prima lettera nerazzurra. Me la consegnò un vecchietto a bordo campo finita la partita. Dentro c'era solo un foglio con l'indirizzo di un negozio di corso Venezia. Si trattava del Brigatti: l'unico posto in Milano dove si potessero trovare con facilità vestiti e attrezzature per sportivi, i primi palloni professionali da calcio e le prime racchette da tennis, le mazze da baseball e i guantoni, i bastoni da hockey, i pattini da ghiaccio e tutto quello che un appassionato di sport può sognare. In particolare, nella vetrina del Brigatti erano sempre esposte delle scarpe favolose. Indumenti per persone ricche che io di certo non potevo permettermi. Mi ero fermato spesso con i miei compagni davanti a Brigatti, ma mai avevo avuto il coraggio di entrare, anche solo per provare un paio di quelle incredibili calzature. Nella lettera nerazzurra oltre all'indirizzo trovai un breve messaggio: "Chiedi di Piero".

Passò qualche giorno e mi feci forza. Arrivato in corso Venezia, varcai la soglia del negozio e chiesi timidamente a una commessa del signor Piero.

"Glielo vado a chiamare" rispose lei con gentilezza.

Di lì a poco un uomo parecchio alto, vestito in abiti da tennista mi venne incontro. Sembrava uscito da uno di quei grandi libri sul tennis scritti dal conte Alberto Bonacossa e dal marchese Porro Lambertenghi. Aveva con sé una Briga Special che stava preparando per qualcuno. "Ah, sei tu Peppìn!" esclamò. "Vieni con me, sto finendo un lavoro." Mi portò nel retrobottega dove stava sistemando la racchetta. Non sapevo che dovessero essere accordate prima di essere usate né mi aspettavo che qualcuno fosse davvero capace di farlo. Piero sistemò la Briga Special davanti a me, poi la appese. "Seguimi, Peppìn. Ora sono a tua disposizione."

Mi accompagnò nel reparto scarpe e mi trovai a guardare con stupore le decine di calzature di varie forme e misure allineate sugli scaffali. "Vediamo se c'è un numero giusto per te. Mostrami un po' i piedi. Mmmmm... quelle potrebbero andarti." Prese un paio di scarpe di cuoio e me le diede da provare. Profumavano di nuovo e avevano l'odore intenso del cuoio, sembravano essere state appena cucite.

"Posso provarle davvero?" chiesi. "Non vorrei sporcarle."

"Ma va là, Peppìn, mettile! E dimmi se ci stai comodo."

Le infilai. Mi sembrava di sognare. C'era chi all'epoca aveva impegnato tre stipendi per potersene pagare un paio di tal fatta. Mi andavano perfette. Provai a camminarci sentendo per la prima volta il suono dei piccoli tacchetti.

"Ti vanno bene?" domandò il signor Piero.

"Sì, ma..."

"Sono strette? Hai legato bene le stringhe?"

"No, è che io... un paio così non posso proprio permettermelo" replicai arrossendo.

"Peppìn, te le meriti! Sei un campione ed è giusto che un campione indossi le scarpe giuste."

"Ma..."

"Niente 'ma', Peppìn, queste calzature sono tue e se non te le avesse regalate un amico, ci avrei pensato io stesso! Anzi, ricordati che se per caso si rompono le stringhe o si rovina il cuoio avrai sempre qui qualcuno disponibile a sistemarle o a regalartene un paio nuovo. E non sto scherzando. Piero Spotti non mente mai e sa riconoscere un vero campione."

Rimasi a bocca aperta e, quando uscii dal negozio con le mie scarpe nuove, mi sembrava ancora di sognare. Il giorno dopo scesi e segnai due goal. La prima lettera nerazzurra aveva cambiato il mio destino. All'epoca non mi feci troppe domande su chi potesse avermela mandata.»

I pali rubati

De Vincenzi pensava a quanto quelle calzature avessero cambiato il gioco del Peppìn nelle settimane successive, facilitando la corsa sui campi pieni di sassi e zolle mal curate, dove era solito giocare. «E quelle scarpe ce le hai ancora oggi?»

«Certo, commissario, non mi separerò mai da loro. Sono state il mio primo, vero portafortuna che mi ha aperto le porte del mondo del calcio.»

«Un mondo, però, che è cambiato tanto di recente.»

«In effetti, ora sono in molti a credere in questo sport. Una volta a Milano sembrava che ci fossero solo corridori, ciclisti, schermidori e pugilatori. Adesso, invece, anche i calciatori hanno i loro tifosi.»

«Si vede, Peppìn, che tu sei cresciuto in questo sport.»

«Deve sapere, commissario, che ancora prima di diventare professionista, mi sono trovato a occuparmi di persona della gestione di una squadra di calcio.

Una squadra piccola, è ovvio, ma nella quale mi sono trovato spesso a prendere decisioni importanti che ne hanno cambiato il destino. Ha mai sentito parlare della Costanza A.S.?»

«Certo. Vi ho anche visto giocare una volta in via Costanza Arconati. Passavo da quelle parti con alcuni colleghi e notando l'assembramento di persone intorno al campetto ci siamo fermati per un po'. Avevi dei compagni davvero tenaci.»

«Eravamo un gruppo di ragazzi con una grande voglia di giocare, e facevamo un sacco di sacrifici per scendere in campo. All'epoca avevo solo tredici anni ed ero davvero disposto a tutto per inseguire il mio sogno. Divenni prima capitano, poi persino presidente della Costanza. Avevamo una sede davvero particolare dove radunarci: una latteria. Era l'unico luogo disposto ad accoglierci e dove la sera ci incontravamo per organizzare i tornei. Il lattaio, un certo Tommaso De Lorenzis, aveva sempre da parte qualcosa di buono per noi. Ci rinfrancavamo bevendo latte d'inverno e gustavamo grandi gelati d'estate. Era un posto tranquillo e ospitale. Glielo confesso: non mi sarei mai immaginato che la nostra squadra avrebbe ottenuto certi risultati e che qualcuno ci avrebbe persino fornito le magliette azzurre, i pantaloncini bianchi e i palloni. Quando arrivarono, per noi fu una gran festa. Quegli indumenti celebravano il nostro impegno. Potrei raccontarle della nostra costanza, visto il nome della squadra.

In quel periodo non avevo ancora un ruolo preciso, in campo. Mi adattavo un po' a tutto. Giocavo mediano, terzino, ala, attaccante, facevo l'allenatore e inventavo perfino cori per i nostri tifosi. Eh, sì, commissario, perché poco a poco decine e decine di persone avevano cominciato a seguirci, persino quando giocavamo nei giorni feriali, dalle diciassette in poi. C'era gente che arrivava ancora con la tuta da operaio pur di assistere, anche solo per pochi momenti, a una nostra partita. Se poteva venire, mia madre si portava di persona una sedia da casa per stare comoda a bordo campo.

Le assicuro che, quando vincemmo la prima coppa del rione, non credevamo ai nostri occhi. Ci impegnammo sempre di più e tutte le domeniche mattina ci trovammo a giocare in tornei secondari, dove ottenemmo piazzamenti incredibili. Più passava il tempo e più crescevamo in abilità e coesione di gruppo. Poco alla volta diventammo una delle squadre più seguite della città. Spesso ci toccava attraversare mezza Milano per raggiungere i campi. Ma ci eravamo organizzati, e grazie ad alcuni amici di mamma che lavoravano al mercato ortofrutticolo di corso XXII Marzo, ogni tanto avevamo a disposizione un carro trainato da cavalli, di quelli che di solito trasportano frutta e verdura. Ci salivamo tutti sopra e raggiungevamo la nostra destinazione, senza stancarci troppo. La gente per strada si fermava a guardarci perché davamo davvero spettacolo.»

«Si vede dall'entusiasmo del tuo racconto che è stata una bella esperienza» commentò sornione De Vincenzi.

«È stato fantastico. In pochi mesi abbiamo vissuto un'avventura unica. Lei, commissario, deve sapere che all'epoca in città c'erano ancora pochi campi attrezzati per le partite e che ogni volta dovevano essere preparati apposta. Quando avevamo stabilito che il nostro campo ufficiale fosse nella zona di via Costanza Arconati, avevamo scelto un terreno rozzo ma buono per giocarci. Ogni volta, però, dovevamo recintarlo con picchetti e corde. Eravamo riusciti persino a dotarci di pali alti e squadrati che delimitavano le porte, e che ogni volta montavamo e smontavamo a costo di inenarrabili sacrifici fisici, dato il loro considerevole peso. Per evitare che qualcuno se ne impadronisse, dopo le partite i pali venivano smontati e trasportati a casa mia dove li riponevamo con cura nel cortile. Non le nascondo, commissario, che quei pali rappresentavano per noi un vero e proprio patrimonio da conservare e proteggere a ogni costo. Una sera, però, finimmo troppo tardi. A causa del buio e della stanchezza decidemmo di lasciare i pali montati sul campo. Tornando per gli allenamenti il giorno dopo avemmo un'amara sorpresa: ce li avevano rubati. La Costanza non poteva certo permettersi di pagarne di nuovi. Così decisi di riunire i miei ragazzi e alcuni di loro mi dissero di avere dei sospetti sul ladro, e che l'unico modo per riaverli era di andarli a riprendere di persona. Nessuno si sarebbe tirato indietro.

Stabilii un premio di venti lire per chi li avesse recuperati. Cinque ragazzi partirono in caccia. Purtroppo ritornarono sconfortati a mani vuote. E proprio mentre cercavamo di trovare una soluzione, arrivò in latteria un giovane tranviere che aveva appena smesso il servizio e che mi consegnò la seconda lettera nerazzurra. La guardai stupito e l'aprii davanti agli altri. Anche questa volta all'interno c'era un indirizzo e un rozzo disegno che raffigurava la porta di un campo di calcio. Diedi la via ai ragazzi e, poco dopo mezzanotte, li vidi tornare con dei pali bellissimi e pesantissimi che portavano a spalla. Non erano di certo i nostri, ma posso assicurarle che erano perfetti. Nella cucina della latteria preparammo una pentola di calce e con un paio di pennelli li dipingemmo di bianco. Sospettai che anche quei nuovi pali fossero stati rubati da qualche parte e, per evitare eventuali rischi, il pomeriggio dopo molti di noi si presentarono alla partita con un po' di pietre in tasca. Si sedettero per terra e attesero. Nel caso qualcuno fosse venuto a reclamarli, eravamo pronti. Ma per fortuna non successe. E a fine partita ci liberammo dei sassi lasciandoli sul terreno.»

La terza lettera

Quelle buste nerazzurre avevano davvero cambiato la vita a Peppìn. E il commissario De Vincenzi si stava chiedendo come mai adesso quell'ultima missiva senza alcun messaggio potesse sembrargli così pericolosa. Ma sapeva benissimo che un buon investigatore non deve aver fretta e deve rivolgere le domande giuste per arrivare in fondo a un'indagine. Perciò guardando il giovane gli chiese: «Ti sei mai chiesto da dove arrivavano quelle missive?».

«L'ho scoperto quando mi venne recapitata la terza.»

«Ovvero?»

«Lei avrà notato, commissario, che la busta che le ho mostrato non presenta alcun bollo, né timbro postale. Non è stata recapitata a casa mia tramite la posta ufficiale, ma a mano come le precedenti. Ogni volta a portarle sono state persone diverse. Sono sicuro, però, che il mittente è sempre stato lo stesso. E so anche da dove vengono. È per questo che ho bisogno del suo aiuto.»

«Sii chiaro, Peppìn!»

«Ogni lettera nerazzurra è partita dal carcere di San Vittore!»

«Ne sei sicuro?»

«Sicurissimo!»

«Interessante.»

«Sarebbe meglio dire pericoloso, commissario!»

«Eppure ognuna di quelle lettere in qualche modo ti ha portato fortuna. Allora perché stavolta sei così preoccupato Peppìn? Si potrebbe pensare che tu abbia trovato un angelo e non un diavolo fra le mura del Due... Lo sai che san Vittore è un santo davvero speciale...»

«Ma io non sono né un carcerato né un evaso. E glielo confesso, commissario, sino a oggi non ho mai avuto alcun timore di essere in pericolo anche perché non avevo davvero nulla da perdere. Ma ora gioco in Divisione Nazionale. La squadra crede in me e da me dipende il risultato di una partita davvero importante, come quella di domani. Ricevere quella lettera nerazzurra mi ha messo addosso del disagio. Questa volta mi sento in pericolo. La busta è vuota, l'ha visto lei stesso. Non c'è alcun messaggio. Potrebbe essere un avvertimento, una minaccia, o persino una richiesta implicita. Forse una sfida. O magari una proposta che non si può rifiutare. Ma io ignoro da chi provenga quest'eventuale proposta e il motivo per cui è rivolta a me. Non capisco neppure perché questa lettera arrivi alla vigilia di una partita come quella di domani.»

«E in effetti ricevere una missiva del genere adesso che siete costretti a vestire una divisa con croci rosse fiammanti bordate dal fascio littorio può persino sembrare un atto sovversivo o almeno inviso al regime.»

«Non mi sono mai occupato di politica, commissario. Io gioco soltanto a calcio.»

«Lo so, lo so. Ma in questo momento ogni ipotesi è valida... Come hai scoperto che le lettere precedenti sono partite da San Vittore?»

«Devo raccontarle un'ultima storia, commissario: ovvero come entrai nelle fila dei Boys del Football Club Internazionale.»

«È lì che ti sei meritato il soprannome di Balilla?»

Il calciatore sorrise e riprese a raccontare: «Fu Fulvio Bernardini a selezionarmi per i più giovani giocatori dell'Internazionale e a farmi partecipare al campionato ragazzi. Mi aveva visto più di una volta e si era convinto che fossi perfetto per la sua squadra, nonostante la mia magrezza. Gli ci volle poi un po' per convincere l'allenatore Árpád Weisz a promuovermi in prima squadra. Per l'ungherese non ero ancora abbastanza bravo nei tiri di testa e nelle punizioni. Sosteneva che dovessi raddoppiare gli allenamenti, smettendo di contare solo sull'istinto. Ed è quello che successe. A diciassette anni, commissario, esordii in campo con la maglia nerazzurra in occasione della Coppa Volta. Fu quel giorno che mi affibbiarono il nomignolo di "Balilla". Weisz aveva letto ad alta voce la formazione negli spogliatoi spiegando che aveva deciso di mettermi in campo fin dall'inizio perché ero un ragazzo davvero dotato. Uno dei giocatori più anziani dell'Internazionale, un certo Leopoldo Conti, non la prese bene e rispose subito con una battuta: "Adesso andiamo a prendere i giocatori perfino all'asilo! Lasciamo giocare pure i balilla!". Quel giorno segnai tre goal e da allora tutti mi guardarono con altri occhi. Il soprannome di Balilla mi calzava a pennello e cominciò a essere scandito con orgoglio anche dai tifosi quando mi vedevano entrare in campo. Ero piccolo e mingherlino, ma avevo la forza e il coraggio di un leone. A contribuire a farmi crescere e a rendermi sempre più esperto furono le meticolose preparazioni atletiche a cui mi sottopose Weisz. Secondo lui dovevo imparare a calibrare tiri e traiettorie, a giocare con la testa e con i piedi, con il cuore e con l'istinto. Per realizzare questi obiettivi decise che nelle mattinate di nebbia, quelle in cui il freddo era più pungente e nulla si vedeva intorno, avrei dovuto allenarmi tirando contro un muro speciale, una muraglia capace di deviare le traiettorie e smussare qualsiasi cross. Una barriera, rozza e irregolare, che non mi consentisse di prevedere geometrie e i rimbalzi del pallone. Sto parlando del muro del carcere di San Vittore. Lei non ci crederà, commissario De Vincenzi, ma ho passato ore e giorni a tirare contro quel muro. Tiri forti che sembravano spaccarle quelle pareti. Tiri che le facevano tremare, al pari di vere e proprie cannonate. Era incredibile vedere il pallone infilarsi nel mezzo della nebbia e puntualmente ritornare indietro da un'altra direzione. Dietro di me Weisz mi spronava. Quella pratica andò avanti per diversi mesi. Non potevo certo immaginare di avere degli spettatori che assistevano a quel singolare allenamento. I secondini del carcere dalle loro garitte e dal camminamento mi osservavano. Ogni tanto intravedevo nel mezzo della nebbia accendersi delle minuscole luci. Erano le sigarette che fumavano durante i turni di sorveglianza. Nelle celle, invece, i detenuti assistevano in altro modo alle mie evoluzioni. Non potevano vedermi ma potevano sentirmi. E contavano così i rimbalzi del pallone contro il muro. Dai rumori desumevano le traiettorie e la forza dei tiri. Qualcuno di loro cominciò a scommettere su di me, sia durante gli allenamenti sia durante le partite. I miei risultati venivano seguiti con attenzione in piazza Filangieri.

Un giorno, mentre stavo riprendendo fiato, dalla nebbia vidi spuntare un piantone con tanto di fucile a tracolla e divisa d'ordinanza. Si fermò davanti a me e a Weisz. Ci rivolse un saluto militare e mi consegnò la terza lettera nerazzurra. La aprii e con grande sorpresa all'interno trovai due biglietti per assistere a uno spettacolo alla Scala, insieme all'indirizzo di una sartoria molto famosa del centro.

Guardai Weisz con faccia stupita. E l'allenatore con modo sicuro mi spiegò: "Finito l'allenamento, ti accompagno io a prendere le misure".

"Le misure?"

"Be', non vorrai portare tua madre al Teatro vestito così?"

"Ma..."

"Niente 'ma', i ragazzi del carcere hanno organizzato una colletta fra di loro per donarti qualcosa di speciale. Perciò non puoi che accettare. Pare che qualcuno di loro abbia persino giocato con te quando militavi nella Costanza."

Ero commosso e con le lacrime agli occhi guardai verso la nebbia. Mi sembrò che qualcuno, dalla cima del camminamento del muro di cinta, mi salutasse».

De Vincenzi rimase qualche istante in silenzio, poi riappese la cornetta del telefono che giaceva sulla scrivania e compose un numero interno. Bofonchiò qualche parola all'apparecchio e pochi minuti dopo Bruni e Crumi entrarono nella stanza.

«Vi ho chiamato perché devo mandarvi in missione

a Genova. Scorterete il qui presente Giuseppe Meazza allo stadio Luigi Ferraris e starete sempre con lui, prima della partita di domani e pure dopo. Non lasciatelo solo neanche negli spogliatoi, rischia la sua vita. E tu, Peppìn, non preoccuparti: vai a Genova e fatti valere!»

Un passo indietro

Le precauzioni prese da De Vincenzi servirono a tranquillizzare il Peppìn che, scortato da Bruni e Crumi, non si preoccupò più della lettera nerazzurra e affrontò la trasferta a Genova con coraggio. Non era mai facile segnare fuori casa, ma il Balilla centrò anche questa volta l'obiettivo.

Peccato che la sua rete messa a segno allo stadio Luigi Ferraris al quarantasettesimo del primo tempo non poté in alcun modo cambiare l'esito della partita. L'Ambrosiana venne sconfitta 6 a 1 dalla Dominante, subendo i tiri infallibili di avversari come Virgilio Felice Levratto, Ercole Bodini e Giovanni Chiecchi. Tutti e tre furono autori di una doppietta, registrata puntualmente dai fischi dell'arbitro Mattea di Torino. I giocatori dell'Ambrosiana rientrarono a Milano stanchi e abbattuti. Ma questo permise loro di inquadrare meglio le partite successive e nel giorno in cui si celebrava la Befana sbaragliarono in casa la Pistoiese con il risultato sorprendente di 9 a 1. Peppìn segnò ben due goal. Prima di quella partita, però, il mistero della lettera nerazzurra era stato già stato risolto. E anche questa volta il caso ci aveva messo lo zampino.

Il commissario De Vincenzi era uscito dalla questura con l'intenzione di schiarirsi le idee. Aveva attraversato piazza San Fedele e si era diretto verso l'ingresso della Scala, qui era appeso il manifesto che lanciava una delle serate. Lesse la data del 26 dicembre 1928 e sotto il titolo dell'opera di Richard Wagner, *I Maestri cantori di Norimberga*, vide il nome di Arturo Toscanini. Quindi il suo sguardo si soffermò su una lunga postilla in basso: "È prescritto l'abito nero per la platea e per i palchi. Durante l'esecuzione è vietato accedere alla platea e alle gallerie. È pure vietato di muoversi dal proprio posto prima della fine di ogni atto... Per disposizione del Prefetto è assolutamente vietato agli spettatori di accedere a qualsiasi posto della Sala con soprabiti, pellicce, bastoni, ombrelli, cappelli e simili".

De Vincenzi sorrise. Di sicuro non era stato il prefetto a dettar legge in quel luogo. Da quando Arturo Toscanini era responsabile della direzione della Scala nessuno poteva dare suggerimenti o imbeccate né tantomeno ordini al maestro. Era nota l'avversione che nutriva per i fascisti e, data la sua enorme popolarità, il regime faceva in modo di ignorarlo e se, possibile, evitava anche di adontarlo. Il commissario si chiedeva sino a quando sarebbe durata l'autonomia del maestro e fino a quando i fascisti lo avrebbero lasciato in pace. Era sicuro che quelle precise disposizioni non fossero dovute a restrizioni di ordine pubblico bensì alle richieste esplicite di Toscanini per rispetto al lavoro suo e dei suoi musicisti. Il maestro aveva capito che il pubblico doveva avere il più assoluto rispetto per le rappresentazioni realizzate alla Scala e per questo aveva deciso di alzare il livello dell'abbigliamento e della condotta dentro al Tempio della Musica di Milano.

Per questo De Vincenzi lo rispettava ancora di più, e si trovò a pensare ai biglietti per la Scala che il Peppìn aveva trovato nella busta nerazzurra. Se lo figurò vestito elegante mentre accompagnava la madre a teatro. Si immaginò lo sguardò sorridente della donna, i due che, seduti in platea, si godevano lo spettacolo unico. Escluse che avessero preso posto nella zona del loggione, era convinto che l'autore del regalo al Balilla avesse scelto qualcosa di davvero speciale.

Ma il misterioso individuo che aveva donato al Peppìn le prime scarpe e i biglietti alla Scala non poteva desiderare che accadesse una disgrazia al giovane astro nascente del calcio milanese.

Per indagare sui segreti del Balilla, De Vincenzi aveva deciso di utilizzare tutta la squadra. Così inviò la sciura Maria a chiacchierare con la signora Bice per vedere se per caso la portinaia non scoprisse qualcosa di strano nella vita del ragazzo. Il Massaro, invece, si preoccupò di fare la posta sui campi di allenamento dell'Ambrosiana, lui che era appassionato di calcio e da tempo allenava per diletto i ragazzini della parrocchia di San Gaetano. Chiacchierando con i compagni di squadra del Peppìn magari avrebbe capito se c'era davvero qualcuno che gliel'aveva giurata.

Il commissario aveva telefonato di persona alla guardia Antonio Cerruti e gli aveva dato appuntamento sulla Darsena. De Vincenzi aveva preso in via Orefici il tram n. 10 e con quello aveva raggiunto la stazione di porta Genova. C'erano stati molti cambiamenti in città dopo la riforma del 1926 che aveva rivoluzionato il transito dei mezzi in città e soppresso il carosello di piazza Duomo. Si voleva mettere ordine nella piazza davanti alla cattedrale per prepararla a monumentali comizi pubblici che sarebbero stati in qualche modo bloccati dal passaggio tranviario, che invece era stato incentivato nella zona dei Navigli.

Cerruti e De Vincenzi si incontrarono vicino alla chiesa di San Cristoforo e si misero a chiacchierare guardando l'acqua che scorreva nel canale di fronte a loro. Il commissario si accorse che una ragnatela riluceva a distanza, sul ponte che attraversava il Naviglio. Pensando al ragno che l'aveva intessuta gli venne in mente una frase di Carlo Porta: "La giustizia di questo mondo somiglia a quelle ragnatele ordite in lungo, tessute in tondo, che si trovano nelle tinaie. Dio guardi mosche e moscerini che vi bazzicano un po' vicino; purgano subito il delitto non appena vi si impigliano. Invece i calabroni bucano, passano senza danno, e la giunta dello scarpone tocca tutta al ragno."

Dalle chiacchiere con il Cerruti affiorarono molti aneddoti sulla vita privata e pubblica del Peppìn. Ma soprattutto emerse il nome di una donna. Una donna che da tempo era stata soprannominata da guardie e carcerati l'Angelo di San Vittore. Ma il Cerruti e De Vincenzi ebbero il tempo di chiacchierare anche di diavoli.

«Commissario, so che sta cercando ancora indizi per la strage di piazzale Giulio Cesare.»

«Ti ascolto, Cerruti.»

«Un mio collega che è venuto a portare dei documenti in questura ha assistito a una telefonata che potrebbe interessarle.»

«Sono tutto orecchi.»

«Gli è capitato di passare davanti all'ufficio dell'ispettore generale Francesco Nudi. E si è accorto che non era tranquillo. Sembrava avere perso la sua solita calma e anche l'aria di riservatezza che da sempre lo caratterizza. Per la prima volta aveva l'espressione di un uomo titubante, timoroso. E se lei conosce un pochino Nudi capirà cosa intendo.»

«Io stesso credo di non averlo mai visto in imbarazzo. È un uomo sicuro del ruolo che riveste e che sa bene come gestire il potere.»

«Allora se lo immagini turbato e sul punto di comunicare al telefono quello che sto per rivelarle.»

«Non tenermi sulle spine, Cerruti.»

«Nudi ha dovuto dare ad Arturo Bocchini spiegazioni sul procedere delle indagini. Ha ammesso che probabilmente quanto fatto sino ad allora era sbagliato.»

«Sii chiaro!»

Cerruti estrasse dalla tasca un foglietto. «Per essere preciso ho chiesto al mio collega di trascrivermi il dialogo che ha origliato.»

«Dammi qua» sbottò De Vincenzi. E leggendo le frasi ebbe un brivido.

"Dottore, abbiamo battuto a lungo la pista degli anarchici e degli antifascisti ma non è risultato nulla... Gli interrogatori sono stati inutili... Anzi, ho un'ipotesi...". Il secondino aveva appuntato con precisione le parole di Nudi. Poi, non potendo sentire la risposta del capo della polizia, aveva riportato la conclusione dell'ispettore generale: "Sospetto che le ricerche debbano essere indirizzate in senso contrario... E mi dispiace comunicarglielo, ma secondo me ci toccherà indagare nella zona di Cremona".

De Vincenzi rimase in silenzio per un po'. Quindi si rivolse a Cerruti: «Ne hai parlato con qualcuno?».

«No, commissario.»

«Allora questo resterà un piccolo segreto fra me, te e il tuo collega. Così come la storia dell'Angelo di San Vittore.»

«Glielo prometto, commissario.»

Finale di partita

Quel giorno una coltre di nebbia che si tagliava con il coltello aveva avvolto Milano. La città sembrava dormire, reduce dai veglioni del 24 dicembre, e pochi coraggiosi si avventuravano per le vie: fra di loro c'erano il commissario Carlo De Vincenzi e Peppìn.

Si erano dati appuntamento davanti alla questura in piazza San Fedele e da lì avevano attraversato insieme le vie del centro fino a giungere alla basilica di Sant'Ambrogio. Erano entrati per pochi minuti nella chiesa incontrando una giovane suora che stava scendendo dall'altare con una pisside tra le mani. La seguirono e De Vincenzi le rivolse un cenno. La religiosa abbassò la testa e indicò l'uscita. I tre si ritrovarono nel quadriportico della chiesa e incominciarono a conversare.

«Sono felicissima di poterla incontrare caro Peppìn» disse la donna. «E mi scuso fin da ora se la lettera nerazzurra che ho consegnato a casa sua può averla in qualche modo turbata. Come le avrà spiegato il commissario non è dipeso da me. Io sono stata solo la latrice delle ultime richieste di un pover'uomo. Un desiderio raccolto sul suo letto di morte.»

«La ringrazio di cuore per quello che ha fatto, sorella» mormorò Peppìn.

«In questi anni, quell'uomo è stato il suo angelo custode, pur essendo un angelo in gabbia.»

«Senza il suo aiuto non avrei mai indossato un paio di scarpe da calcio, la Costanza non avrebbe riavuto i pali per il campo e mia madre non avrebbe conosciuto la gioia di entrare alla Scala.»

Suor Enrica Alfieri fissava il giovane con sguardo sorridente. Lei sapeva benissimo come si poteva sentire una persona salvata, o aiutata. Lei che il 5 febbraio del 1923 aveva ricevuto l'estrema unzione, minata nel corpo dal morbo di Pott. Lei che in soli venti giorni era guarita sorseggiando le ultime gocce dell'acqua di Lourdes che aveva portato a casa dopo che i superiori l'avevano condotta in pellegrinaggio confidando in un miracolo. E per intercessione della Madonna il miracolo era avvenuto. Lei era lì per testimoniarlo. Lei che tutti i giorni, assieme alle altre Suore della Carità di Santa Giovanna Antida Thouret, recava conforto ai detenuti di San Vittore.

«Ringrazio il commissario De Vincenzi per averci fatto incontrare» aggiunse Peppìn.

Il commissario sorrise. «Devo dirti che è stato facile scoprire chi ti avesse consegnato la lettera anche perché una suora non passa facilmente inosservata in un quartiere come il tuo. E poi le precedenti missive venivano da San Vittore, quindi ci ho messo poco a contattare suor Enrica grazie al mio amico Cerruti che lavora al Due da tempo.»

La donna annuì e li invitò a seguirla: «Fratelli, se volete ora possiamo andare. Io ho già ritirato dal parroco le ostie da distribuire ai detenuti malati e quindi vi accompagnerei volentieri al vostro appuntamento».

«Sarà un onore per noi averla come guida» commentò De Vincenzi.

I tre si incamminarono veloci nella direzione di viale Papiniano. In mezzo alla nebbia assomigliavano a tre fantasmi. Tre spettri che arrivarono ben presto davanti alle carceri di San Vittore.

De Vincenzi suonò al portone e si aprì uno spioncino. Alla vista del commissario e di suor Enrica, il piantone non fece domande e si limitò ad aprire. Le guardie perquisirono sommariamente i nuovi arrivati. Uno di loro osservò con piacere il pallone da calcio nuovo che aveva portato con sé De Vincenzi: «Se lo vedesse mio figlio ne vorrebbe uno uguale, commissario».

«L'ho comperato ieri da Brigatti in corso Venezia. La prossima volta che ci ripasso te ne prendo uno. Questo l'abbiamo portato per i ragazzi» replicò il poliziotto.

Un altro secondino, invece, aveva osservato con curiosità il contenuto della borsa che il calciatore si era portato dietro e che comprendeva un cambio completo da partita, compreso un paio di scarpette vecchie, logore e sporche di fango.

«Sono le prime professionali che ho indossato» spiegò Peppìn. «Da quando le provai da Brigatti non mi sono mai separato da loro. Mi hanno portato fortuna e l'uomo che me le ha regalate ha vissuto qui per tanto tempo.»

«Lo sappiamo. Passava intere giornate a parlare di lei e delle sue imprese. Diceva che un giorno tutti noi l'avremmo incontrata» commentò la guardia.

«C'era chi lo derideva per questo» aggiunse il collega. «Ma erano sempre detenuti giovani. Nessuno degli anziani che l'avevano sentita allenarsi tutte le mattine davanti alle nostre mura si permetteva di essere ironico. Alcuni di loro hanno giocato con lei.»

«Sai, Peppìn, che anch'io un sacco di volte ho scommesso su di te?» aggiunse l'Antonio Cerruti che era arrivato sul luogo. «E qualche volta ho pure vinto.»

Il giocatore era commosso.

«Dov'è che Peppìn può cambiarsi?» chiese De Vincenzi.

«Là, dove ci sono gli spogliatoi con le nostre divise.»

Il calciatore restò nello stanzino pochissimo. Quindi uscì indossando la maglia nerazzurra e i pantaloncini bianchi.

«Ma l'Ambrosiana veste in maniera diversa o sbaglio?» domandò il Cerruti.

«Sì, ma oggi è un giorno speciale» rispose De Vincenzi lanciando la palla al Peppìn che la intercettò al volo e, tenendola in grembo, seguì le guardie che lo precedettero assieme a suor Enrica nei corridoi del carcere.

Nel silenzio risuonava il picchiettio dei tacchetti del Balilla. Erano davvero giganteschi sotto la suola, ed enormi erano le stringhe bianche che allacciavano le calzature. De Vincenzi chiudeva il piccolo corteo che approdò dopo un po' nel grande cortile di San Vittore. Qui, all'aperto nonostante il freddo e la nebbia, erano radunati detenuti e poliziotti. Alcuni indossavano raffazzonate divise nerazzurre. Peppìn riconobbe i volti di amici e conoscenti sia fra le guardie sia fra i carcerati. Strinse mani e scambiò abbracci. Due porte erano state allestite sui lati dell'improvvisato campo di football. I pali pitturati di fresco spiccavano sotto la muraglia grigia di recinzione.

«Delle porte si è preoccupato il dottor Dellanoce. Le ha chieste a un paio di amici suoi al Bottonuto» sussurrò una voce alle spalle di De Vincenzi. Era l'Armando Ballerini.

«Avevamo appena finito un servizio a porta Ticinese e abbiamo pensato di passare anche noi» aggiunse il Pierino Grassi.

«E chi vi ha dato il permesso di entrare?»

«Sono stato io, commissario» sospirò il Cerruti. «Lo sa che il Pierino a me mi ha sempre fatto tenerezza e quando mi ha detto che ci teneva tanto a vedere *el Balila* tirare quattro calci al pallone ho chiesto al direttore se si poteva fare uno strappo alla regola e lasciare entrare anche i becchini.»

«Ma oggi promettiamo di non portar via nessuno in barella, commissario» aggiunse il Pierino.

De Vincenzi si mise a ridere e, raggiunto il centro del cortile, trasse dalla tasca un fischietto. Non si sarebbe perso il fischio d'inizio per nulla al mondo. Poi si sarebbe goduto la partita tranquillo, a bordo campo. Non c'era bisogno di arbitro per quell'incontro.

E così, a porte chiuse, il Peppìn giocò una delle sue più belle partite, proprio lì, fra le mura di San Vittore.

Note meneghine

I miei figli sostengono che io sia un ladro di storie. Devo ammettere che hanno ragione. Perciò alla fine di queste pagine vi confesso che troverete degli abili scippi effettuati da tre romanzi di Augusto De Angelis (a voi scoprire dove sono), dal meraviglioso libro di ricordi *Il mio nome è Giuseppe Meazza* di Federico Jaselli Meazza e Marco Pedrazzini, da un articolo di Gianni Brera apparso su "Il Giornale", da *Milanin Milanon* di Emilio De Marchi, oltre che da vari articoli pubblicati dal "Corriere della Sera" nel 1928.

L'idea di scrivere questa storia è nata per scommessa quando Franco Forte decise di farmi partecipare all'antologia *Giallo di rigore*. Ho scoperto in quell'occasione che il commissario De Vincenzi e Giuseppe Meazza avrebbero potuto incontrarsi proprio nel 1928. I fatti della vita del Peppìn che ho narrato rimandano alle tante leggende nate intorno a lui. Fu il primo calciatore italiano a diventare testimonial di spot pubblicitari, il primo a essere raccontato in cinegiornali, fumetti, cartoline, figurine e persino nei gialli. Mi sono permesso di incrociare con la fantasia i fili di eventi veri e inventati. Mi immagino già le facce di mio fratello e dei miei figli, tutti di inossidabile fede milanista, quando scopriranno quello che ho scritto del Peppìn.

Per quanto riguarda la strage in piazzale Giulio Cesare vi consiglio di recuperare il volume *Attentato alla fiera. Milano 1928* di Carlo Giacchin (Mursia) e per la situazione degli attentati a Milano negli anni Venti è stato preziosissimo *Una bomba per il duce – La centrale antifascista di Pacciardi a Lugano (1927-1933)* di Paolo Palma (Rubbettino). L'episodio in cui l'Armando Ballerini scopre il sapore della *cassoeula* assieme a suo zio è un furto ai ricordi di Andrea Vitali consumato con il suo consenso, compreso lo spostamento temporale. Il primo concerto di Segovia a Milano è un piccolo regalo della famiglia Pavanello che lo ospitò davvero a casa sua in piazzale Giulio Cesare. Purtroppo in questo luogo non esiste una targa che ricordi il triste evento della strage del 1928. Al cimitero Monumentale è invece ancora visibile la triste statua di Madre Ravera che piange i suoi cari realizzata da Adolfo Wildt nel 1929. Il Capitano Nero è effettivamente esistito, mi sono limitato ad anticipare le sue gesta solo di qualche mese. A coloro che volessero saperne di più sulla Gioconda e il servizio funebre su rotaia a Milano consiglio di visitare i siti: http://www.anticacredenzasantambrogiomilano.org e http://milanoneisecoli.blogspot.it dove figurano molte curiosità sull'argomento. Suor Enrica Alfieri venne ribattezzata dai carcerati l'Angelo di San Vittore ed è stata beatificata nel 2011. L'uomo con il quale aveva appuntamento Romolo Tranquilli in piazza del Duomo, a Como, era Luigi Longo. Nei polizieschi di De Angelis accade spesso che De Vincenzi legga Sant'Agostino, Freud e Platone, mi sono divertito a fargli scoprire la *scighera* attraverso i versi di Emilio De Marchi e a fargli commentare le reclusioni a San Vittore con in mano il *Critone* (questo è un omaggio preciso a Giovanni Reale che mi ha illuminato la vita in Università Cattolica e mi ha convinto a laurearmi su Marco Aurelio). La sciura Maria Ballerini, forse lo avrete capito, era la mia bisnonna. Credo che se la stia ridendo della grossa cucinando un bel pentolone di *busecca* in paradiso e pensando a quanta della sua vita abbia raccontato il suo bisnipote. Ci sono parecchi personaggi non inventati che ho messo in questa storia a partire dal materassaio Giovanni Massaro e so che molti di loro si stupiranno di avere avuto delle esistenze così avventurose, compresi Michele Rossi e Tommaso De Lorenzis che assieme a Marco Vigevani sono stati gli angeli custodi di questo libro. Ringrazio Andrea Ferrari per aver controllato il mio dialetto milanese. E mi piace salutarvi con i versi di una canzone meneghina scritta da Giovanni D'Anzi e Alfredo Bracchi nel 1939 che mantiene ancora vivo molto dello spirito della città che ho raccontato: "Lassa pur ch'el mond el disa, ma Milan l'è on gran Milan / Pòrta Cicca e la Bovisa, che dintorni pròpi san / e la nebbia che bellezza, la va giò per i polmon, / e quand fiocca, che giòia, gh'è el Parco e i Bastion / per scià senza andà al Mottaron, / fa nagòtt se poeu pioeuv e andemm giò a tomborlon / in la poccia a poccià el panetton".

Indice

Nella stessa collana

1. Enrico Pandiani, *Un giorno di festa*
2. Bruno Morchio, *Un piede in due scarpe*
3. Roberto Perrone, *L'estate degli inganni*
4. Corrado De Rosa, *L'uomo che dorme*
5. Maurizio de Giovanni, *Sara al tramonto*
6. Daniele Autieri, *Ama il nemico tuo*
7. Piergiorgio Pulixi, *Lo stupore della notte*
8. Carlotto – De Cataldo – de Giovanni, *Sbirre*

Questo volume è stato stampato presso ELCOGRAF S.p.A.
nel mese di ottobre 2018
Stabilimento – Cles (TN)
Stampato in Italia